# 旋律

## 君と出逢えた奇跡

望月麻衣



双葉文庫

平凡でも、存在を認められなくても、自分は幸せだと必死に言い聞かせていた。

——全てに目を伏せて……。

# 第一章　出会い

## 1

平日の朝、いつものように夫を送り出したあと、庭に出て洗濯物を干す。

春の柔らかな日差しのなか、白いワイシャツが目に眩しく光り、ふと顔を上げると新緑の香りを含む風が心地よく感じ、そんな些細なことに幸福感を覚える。

エプロン姿で洗濯物をパンパンと伸ばして丁寧に干し、自分もすっかり主婦業が板についたものだと笑みを浮かべつつ、心地良い春風に目を細めた。

四月……何かが始まるような気がして、自然と胸が弾むのを感じていた。

西沢円香《にしざわまどか》、三十一歳は自分のことを『ごく普通の主婦』と自負していた。

短大卒業後、就職活動がままならず、一時避難のように派遣会社に登録し、一部上場企業に事務員として派遣就職。そこで出会ったのが現在の夫である西沢和馬《かずま》。

子どもを授かった時に思い切って、東京郊外に一軒家を購入。

上場企業勤めの夫に、順調に授かった子ども、そして夢のマイホーム。

ごく普通……いや今の時代、恵まれているといえるだろう。しかし誰に驚かれることもない平凡な人生であり、それこそが幸せの象徴だと日々実感していた。

「マーマ、目覚し時計がなってるよぉ」

洗濯物を干し終えゆっくりと身体を伸ばしていると、娘の亜美《あみ》が駆け寄ってきた。

まだ三歳の亜美は、レトロなデザインの目覚し時計を両手で持ち、急かすように跳ねる。

真新しく少し大きめの幼稚園の制服姿が愛らしく、何度見ても目尻が下がった。

「もう家を出る時間？」

家事に熱中しすぎて幼稚園バスに間に合わなくならないように、家を出る時間の十分前に目覚し時計が鳴るようにセットしている。実際、幼稚園バスに間に合わなかったことも間に合わなくなりそうだったこともない。目覚し時計を鳴らすことによって、幼い亜美に『もう家を出る時間だ』と気持ちの切り替えをさせることも目的の一つだった。

リビングに足を踏み入れて、亜美の頭に幼稚園帽子をかぶせる。

「さっ、行こうか。バス来ちゃうね」

亜美は「うん」と元気よく声を上げて、すぐさま玄関へと走った。

「あのね、今日はね、幼稚園で粘土したいと思ったの」

バス停へと歩きながら、ニコニコ笑いながら明るく話す。亜美は女児にありがちなお喋りが上手で少しませた、それでも天真爛漫《てんしんらんまん》な『子どもらしい子ども』だった。

粘土で何作るの？　と話しかけながら、しっかりと握った亜美の手を見る。赤ちゃんだった亜美も本当に大きくなったなぁ、と感慨深い。

――この数年間、育児に追われていた毎日だった。初めての赤ん坊に戸惑い、右往左往するばかり。乳児の時は夜泣きで悩まされて、自分も一緒に泣いたこともあった。一歳で歩いた時にはその成長に感動して涙を流し、二歳の反抗期には自分も余裕がなくなりピリピリしたこともあった。まったく自分の時間が持てなくて、毎日、子どもの世話ばかりで自分の人生を見失った気さえしていた。

思えば日々、ストレスや葛藤との戦いだった。

そんな中、亜美が幼稚園に入園したことで、まるで今までのことが嘘だったかのように、急に自分の時間が持てるようになった。亜美が入園し、最初の二週間はあの子が幼稚園でどのように過ごしているのか気になって仕方がない毎日だったが、そんな親の心配を他所に、天真爛漫な亜美は幼稚園でも奔放に振る舞っているようだ。

心から安心し、それと同時に、娘が親とは別の世界を持ち始めたように、自分も少しずつ『自分の時間』を有効に使いたいと思うようになってきた。

しかし、気が付くと無意味な時間を過ごしていることが多く、そんな自分に落ち込みつつも『何事もこれからだ、これから何か新しいことをはじめよう』と前向きに思うようにしている。

そんな自分の今の楽しみは、裁縫で子どもの物を作ること、ママ友達とランチに行くこと、アプリでドラマを観ること。そして……。

そっと顔を上げ、角を曲がって来た人影にドキドキと鼓動が強くなるのを感じ、円香は胸の前に拳を当てた。

毎朝、三人の男子高校生とすれ違う。その内の一人が、顔立ちの整った美少年で、見かけるたびに目を奪われる。もちろん、露骨に見たりはしない。

彼らは円香の視線に気付くことなく、「課題やった？」「うそ、マジ？」と他愛もない会話をしながら、通り過ぎていく。

嬉しい、今日も目の保養だ、と頬を緩ませて、ちらりと彼らの背中を目で追う。

偏差値の高い私立高校で、制服は仕立ての良いスーツだ。そこに通う学生たちはスーツに着られている感じだが、あの子は違っている。整った顔立ちに均整の取れたスタイル。

一見大人びた雰囲気ながら、屈託ない笑顔を見せる可愛らしい少年だった。

素敵な子だなぁ、と円香は熱い息をつく。

そう、これが、亜美が入園してから見付けた一番の楽しみだった。

男子高校生を眺めることが日々の楽しみだなんて、私もすっかりオバサンだ、と肩をすくめて、円香は公園前のバス乗り場にいるママ友達に「おはよう」と手を振った。


子どもが幼稚園に行っている時間は、アッという間だ。

家の掃除や買い出しをしていると、迎えの時間になっている。

夕食は亜美と二人で食べ、その後、二人でお風呂に入る。

亜美を寝かしつけたあと、夫の和馬が帰って来るまでは一人でテレビを観たり、ネットを観たりして、時間を潰す。

和馬の帰りは、いつも十一時前後。壁掛け時計に目を向けて時間を確認し、そろそろかな、とリビングを見回す。

ナチュラルな家具、角々に置かれた花や観葉植物。

部屋の半分は、カバーがかけられているグランドピアノで占められている。昔、ピアノのプロを目指していたという祖父に譲ってもらったもので、子どもの頃から愛用してきた円香の宝物だが、今は子育てに忙しく、まったく弾いていない。ただの飾りになっていた。

それでも、そろそろ亜美に教えてあげたいと、調律だけは済ませてある。

大丈夫、部屋は綺麗。

うん、と頷いているとスマホにメッセージが届いた。

確認すると予想通り入っていたのは『今、駅についた』という簡単な一文だ。

すぐに身体を起こしてキッチンに向かい、食事の支度を始めた。

「……ただいま」

食事の準備が出来た頃、和馬が帰宅する。

「お帰りなさい」

円香は明るい声で迎えるも、和馬は低い声で「ああ」と目を合わせないまま、簡単な返事をした。

ジャケットとネクタイを無造作にソファーの上に放り、そのまま冷蔵庫から缶ビールを取り出して、ダイニングテーブルの前に座る。リモコンを手にし、チャンネルを次々に変え、結局いつものニュース番組を観ながら無言でビールを口に運ぶ。

「今日は味噌汁じゃなくて、豚汁なの」

テーブルに食事を並べながら言う円香に、和馬は、へぇ、と興味なさそうに洩らした。

「そうそう、私、亜美の幼稚園セットを作っていたでしょう？　ママ友たちに一日で全部作れるなんてすごいって言ってもらえて。みんな、意外に作れないみたい。お道具バッグとかも自分で作らずに買ったり、親に頼む人多いみたいだし。『お金払うから作って』って言われたりしてね、本気では言ってないんだろうけど、ちょっと嬉しかった」

円香は楽しそうに話すも、和馬はテレビに顔を向けたまま、なんら反応を示さない。

「聞いてる？」

と身を乗り出すと、和馬はテレビを観たまま、また「ああ」とおざなりに答える。

「そして、この前作った紅茶のシフォンケーキのレシピを友達に聞かれてね……」

そこまで話すと、和馬はわざとらしいほど大きな溜息をついた。

「……お前の話って、いつもそんなのばかりだな」

「えっ？」

「ママ友と作ったものを見せ合ったとか、褒められたとか、ドラマの展開が納得できないとか、そんなのばかり聞いていると世界が狭くて情けなくなってくるよ」

和馬は、イライラした様子で吐き捨てる。少しの沈黙が訪れた。

「えっ、だって、私は一日の出来事を伝えていただけで……」

円香は喉の奥がカラカラに渇くのを感じた。

和馬はビールを口に運び、もう一度息をつく。

「うちの会社におまえよりも若くて話題豊富な女の子がいるけど、その子と話してうちに帰ってきて、おまえと会話するとたまにガッカリすることがあるよ」

他の女性と比べられ、円香は悔しさに拳を握り締める。

「私は、毎日家の中にいて基本的に亜美としか関わっていない。ちゃんとした会話をする相手はあなただけっていう日も多い。そんな環境にいたらそうなってしまうよ。それじゃあ、私も仕事をしてもいい？　私は別に専業主婦でいたいってわけじゃない。自分にできることなら、どんな仕事でもしたいって思ってるし、言ったことあるよね？」

「働くのは反対だ。亜美が可哀相だろ」

「なにそれ、言ってること、矛盾してる」

「働きに出れば話題が豊富になるわけじゃないだろ？　おまえは昔からくだらない話しかできないんだから」

「昔から……って、それじゃあ、どうしてそんなくだらない話しかできない、話題に乏しい女と結婚したの？　私といると楽しいって言ってたじゃない」

和馬は目をそらしたまま、自嘲気味な笑みを浮かべた。

「若くて可愛かったからだよ……あの頃はな」

えっ、と円香は立ち尽くす。今はもう若くも可愛くもなくなり、残ったのは、レベルの低さだけと言われたようなものだ。

ショックを受けた様子の円香の姿を見て、和馬はバツが悪そうに頭を掻く。

「亜美が幼稚園行ってる間、暇なんだろ？　馬鹿げたドラマばかり観てないで、少し本やニュースの記事を読むようにしろよ」

和馬はそれだけ言うと、またテレビに目を向ける。

円香は苦々しい気分のままエプロンを外し、「先に寝るから」と言い放つが、和馬は返事もせず意識的にテレビから目を離さずにいるようだった。

円香は勢いよく寝室に飛び込んで、ふて寝するようにベッドに入った。

悔しさから目頭が熱くなってきた。

どうせくだらない話しか出来ない、レベルの低い女ですよ、と布団にもぐる。

一流企業に勤める和馬は、それなりの大学を出ている。一方の自分は名も知られていないような音楽系短大出の、しがない派遣社員だった。

だが、そんな円香に熱心に声をかけて来たのは、他でもなく和馬だった。

『円香さんといると楽しいし、本当に落ち着く』

『こういう人と結婚できたら、って思います』

そう口説いてきたのは和馬の方だ。

たしかに、あの頃はまだ二十代も半ばだった。当然若く、いつも綺麗でいるよう心掛けていた。今や彼が帰って来る時間には、化粧もしていないパジャマ姿。職場で若く魅力的な女の子と話すのが楽しく、家に帰ってきて幻滅するのだろう。それでいながら、働くのを許してはくれない。

「ただ家にいて同じことを繰り返すだけの私に、気のきいた話題なんて……」

結婚して六年。思えば最初の二年は新鮮だった。恋人同士のような夫婦でいられて、妊娠中も満たされていた。

やがて亜美が生まれて、育児に追われるようになった。育児や家事を手伝おうともしない彼に当たることも多くなり、夫婦関係が微妙に変わってきた。

互いに粗を探しては責める日々。恋人同士のような二人ではなくなっていき、互いの体を求めることもなくなってきた。今や彼が望む第二子のためだけに、月に一度、排卵日の時期に肌を重ねるのみ。夫婦の営みと言うより、義務行為。

結婚ってこんなものなのだろうか。このまま、ずっとこんな関係が続くのだろうか？

円香は息苦しさを感じ、それを振り払うように頭を振った。

そんなことを思ったら、駄目だ。

彼は家族のために働いてくれて、こんな立派な家まで建ててくれた。亜美も可愛い。生活も安定していて、とても満たされている。それが幸せなんだ。贅沢なくらい幸せなんだ。

感謝しなければならない。

2

そうして迎えるいつもの朝。

六時起床、朝食を作り、彼を送り出し、亜美の幼稚園に行く準備をする。

いつもの毎日、そんな判で押したような生活でも、ちゃんと楽しみはある。

円香は亜美の手を引きバス停まで歩きながら、目だけで高校生の姿を探した。

すると、いつものように彼らが角を曲がって来る姿が見え、円香は心が洗われる気持ちになっていた。

ああ、今日も会えた、と口許を綻ばせていると、彼らとすれ違いざまに亜美が急に口を開いた。

「お兄ちゃん、バイバイ」

亜美はにっこりと笑って、彼らに向かって手を振る。

円香は戸惑い、目を泳がせると、彼らも驚いたようにこちらを見た。

だがすぐに、「バイバイ」と手を振り返してくれる。

「可愛いなー」

「オニイチャン、バイバイだって」

すれ違ったあと少年たちがそう話しているのが背中に届き、円香の頰が熱くなった。

「ママ、お兄ちゃんたち、バイバイってしてくれたね」

嬉しそうに見上げる亜美に、円香は強くなる鼓動を隠しながら、うん、と頷いた。

「良かったね。優しいお兄ちゃんだね」

子育てをしていると、時々こうしたことに驚かされる。接触不可能な相手を捕まえて、いとも簡単にコミュニケーションを図るのだ。

気にも留めない、ただの通りすがりから、挨拶を交わした顔見知りに変えてしまう。

円香は感動を覚えながら、弾んだ足取りでバス停に向かった。


スマホにメッセージが届いたのは、午前中の家事を終え、一息ついた頃だ。

ピコン、と音が鳴り、円香はおもむろにスマホを手に取る。

『円香先輩ー、こんにちは。今日の西沢さん、なんだかイライラした様子だったので気になりました。何かありましたか？』

仲が良かった職場の同僚・城崎《しろさき》美華《みか》からだった。彼女は派遣社員だった円香とは違い、名の知れた四大卒の正社員だった。しかし年齢も実務経験も円香の方が上だったので、美華は円香を『先輩』と言って慕ってくれていた。

元は職場の仲間でしかなかったが、和馬と結婚したことで、急に親しくなった。今ではこうしてメッセージのやり取りをしたり、二人で食事に行くこともある。

和馬の様子を聞いて、昨夜の険悪な雰囲気が思い出され、重苦しい心持ちになる。

『美華ちゃん、お疲れさま。実は昨夜、旦那と喧嘩っぽくなっちゃって』

メッセージを送って、ふぅ、と息をつくと、すぐに美華から返信が入った。

『何が原因ですか？』

『大したことないんだけど、話題に乏しいつまんない女みたいなこと言われて、少しだけ険悪な雰囲気になって』

『えぇー、そんなこと言われたんですか？　酷いこと言いますね。だって円香先輩は家庭の主婦さんなんだから、毎日、新鮮な話題を提供なんて難しい話ですよね。そんなの全然気にすることないですよ』

『ありがとう、美華ちゃん。休憩中に愚痴を聞かせた感じになってごめんね』

『いえいえ、私でよろしければいつでも愚痴聞きますよ』

そんなやりとりを終え、円香は気持ちが軽くなるのを感じた。

誰かにほんの少し吐き出すだけで、心は楽になるものだ。

円香は気を取り直して、さて、と体を起こした。

3

会社から少し離れた和食屋で昼食を摂っていた和馬は、目の前に座る職場の部下・城崎美華を見た。彼女はスマホを手にメッセージの確認をしている。にこにこと笑みを浮かべながらスマホをテーブルの上に置いた。

「――誰から？」

和馬はつとめて自然に訊ねたつもりだったが、気にしているのが伝わったらしい。彼女はさらに愉しげに口角を上げる。

「アナタの奥さん。……円香先輩からよ」

そう言ったあと、美華は気の強そうな輪郭のハッキリした目で、和馬を見詰め返した。

「あいつがなんて？」

不快な気分になり思わず顔をしかめる和馬を前に、美華は細い指でミディアムショートヘアの髪をかき上げる。

「急にメッセージが来てね、愚痴みたいなのが届いたよ。昨日、喧嘩したって」

「喧嘩なんてしてないよ。ただ、あいつが勝手にむくれただけさ」

「話題に乏しいって言われたって落ち込んでたみたいだけど、円香先輩の話題って、そんなに乏しいの?」

ああ、と和馬は頷く。

「あいつ、そんなことまで伝えたのか……いつもくだらない話ばかりで」

「うーん、でも女ってそんなものじゃない? よく女は話にオチをつけない、なんて言われるし、私だってそんな頭の冴えるような会話はできないわよ?」

「美華とうちのでは、頭のできが違うよ、やっぱりバカな女は底が知れているよな」

和馬は吐き捨てるようにそう言い、蕎麦をすする。

食べ終えた、美華と和馬は店を出て、会社へと向かって歩きながら、美華は思い出したように、小さく笑った。

「いつも会社から離れたところでランチ食べるから、休憩時間、アッという間よね」

「あんまり頻繁に一緒にいるところを見られたら困るだろ」

「別に私は困らないけど?」

美華は小声で答えたが、和馬は聞こえないふりをした。

人目を気にしつつ、いつものように、ビルの裏口から非常階段に入る。

誰もいないことを確認するなり、唇を重ねた。

和馬は美華の背中に手を回し、美華は和馬の首に腕を巻きつけ、深いキスを交わす。

美華が唇を離すと、和馬がまた唇を押しつけ、何度も絡め合った。

「やだ、キリがない」

美華は小声で愉しげに洩らす。

和馬は笑みを浮かべながら唇を離し、美華の頬に手を触れた。

「今日は、定時に上がれるか？」

定時に上がったあと、二人の時間を過ごすことが多い。

「もちろん」

和馬は小さく笑って、美華の頭を撫で、

「それじゃあ、後で」

少しの別れも名残惜しいかのように最後にまたキスをし、非常階段を後にした。

# 4

夕方になり、円香は幼稚園から帰ってきた亜美を連れて、近所の公園へ来ていた。

体力のある亜美は公園に足を踏み入れるなり、全力で駆け出す。

亜美はブランコが好きで、公園に入るなりブランコに向かっていた。

「転ばないようにね」

円香はそんな亜美の背中を見守りながら、のんびりブランコに向かって歩く。

ブランコは公園でも人気の遊具で、並んで順番待ちしていることも多い。亜美はあっさりブランコを諦めて、鉄棒に向かって走っていた。

鉄棒の下に辿り着くなり、急にしゃがみこんで、ママー、と亜美は立ち上がる。

円香は小走りで、亜美の元に向かった。

「どうしたの？」

「鍵、落ちてた」

亜美は掌を開いて、シンプルなキーホルダーがついた鍵を見せた。

「ほんとだ。これはきっとおうちの鍵だね。誰か落としたのかな」

訊いてみようか、と円香は亜美から鍵を受け取る。

近くで遊んでいる子どもたちに、「これ、拾ったんだけど、あなた方のじゃない？」と訊ねて歩くも、「ううん」と子どもたちは口々にそう答えた。

「落とした人、困ってるよね。ちょっと歩くけど交番に届けようか」

「うん、届ける！」

交番は徒歩で十分の駅近くにある。亜美を連れて歩くとなると、十五分以上はかかるだろう。家に戻り自転車で向かうこともできるけど、散歩ついでに歩いていこう。

円香が鍵をポケットに入れ、亜美の手を取ったその時、毎朝すれ違う男子高校生三人が公園内に入ってくる姿が見えた。

思わぬところで彼らを見掛けて少し驚いていると、亜美は「あっ」と指を差す。

「お兄ちゃんたちだ」

「亜美、人を指差すのはよくないんだよ」

高校生もこの公園で遊ぶのだろうか？　と彼らに視線を送る。

三人は必死に地べたに目をやり、何かを探しているようだった。

「おい、広瀬、ここになかったら諦めようぜ」

彼の友達らしき男の子は、諦め口調で言って、体を起こす。

「そうはいかないんだ、今日親がいないから。みんなはもう帰っていいよ」

と、彼は下を向いたまま言う。

「合鍵屋に頼むってのは？」

「それより、交番に行くか？」

彼らの言葉を聞きながら、円香の心臓は強く音を立てた。

もしかして、この鍵を探しているのだろうか？

円香は手の中の鍵を握り締め、高鳴る鼓動を抑えながら、彼の元に歩み寄った。

「あ、あの……」

円香が声をかけると、彼は「はい？」と顔を上げる。

近距離で彼の端正《たんせい》な顔立ちを目の当たりにし、自分の頬が紅潮してくるのを感じた。

黒髪は艶《つや》やかで、きめ細かく絹のような若々しい肌、澄んだ綺麗な目をしていた。

「鍵を、拾ったんだけど……もしかして、これを探してる？」

そう言って拾った鍵を見せると、彼は「わぁ」と体を起こした。

「良かったぁ、そうです。これを探してたんです」

見付かったのか？　と少し離れたところを探していた友人二人が集まってきた。

「この方が拾ってくれて」

彼はそう言って掌を向けたあと、円香に向かって頭を下げた。

「ありがとうございます、あの、どこに落ちてたんですか？」

彼を前に円香は直視できずに、目を泳がせる。これまでの人生、テレビに出てくるような美少年と関わったことがなかった。緊張から声が上ずってしまいそうだ。

「て、鉄棒の所で」

そう言うと友人たちは、やっぱりな、と笑った。

「今朝、広瀬が逆上がりしたときに落ちたんだろ。いい年して逆上がりなんてするから、落とすんだよ」

「まだできるなら、やって見せろってけしかけたのはそっちだったような」

ワイワイと軽口を叩き合っている。

そんな中を亜美が割って入るようにして、あのね、と声を上げた。

「その鍵はね、ママじゃなくて、亜美が拾ったんだよ」

胸を張って言う亜美の姿を見て、友人二人は一瞬黙り込んだあと、ぷっと噴き出した。

だが、彼だけは笑わずに、その場にしゃがみ込んで、亜美の目を見詰める。

「どうもありがとう、お嬢ちゃん。これがなかったら家に入れないところだったんだ」

彼が優しく礼を言っているのに、亜美は面白くなさそうな顔だ。

「亜美はオジョウチャンじゃないよ、亜美だよ」

「そっか、亜美ちゃんっていうんだね。可愛いお名前だね」

「亜美はねぇ、西沢亜美っていうの。お兄ちゃんはなんてお名前なの？」

「僕は、楓《かえで》って言うんだ。広瀬《ひろせ》楓だよ」

「って、おい、広瀬、遅くなったらヤバイんだろ？」

公園の時計を見ながら言った友人に楓は「そうだった」と身体を起こす。

「本当にありがとうございました。失礼します」

ぺこりと頭を下げてから、背を向けて早足で歩き出す。そんな彼の背中に向かって、「楓ちゃん、バイバイ」と亜美が大きく手を振った。

楓は振り返って、「亜美ちゃん、バイバイ」と笑顔で手を振り返す。

人助けできたね、と円香は亜美の頭を撫でた。

子どもの凄さは計り知れない。まさか名前まで知ることができるなんて。

「楓くん、かぁ……」

## 5

円香は亜美を寝かし付けたあと、ソファーに座り読みかけの本に目を通した。和馬に『本くらい読め』と言われたことが気になったためだ。しばらく本に目を通したが、すぐに眠くなってしまう。

独身の頃は楽しめた読書も、今は、内容が頭に入ってこない。

和馬から、『毎日亜美と遊んでいるだけだろ』と言われることで、自分でも罪悪感に囚われがちになるが、実際子育ては傍で見ているよりもずっと疲れる仕事だ。

もうすぐ十一時だ。そろそろかな、と思った時、円香のスマホにメッセージが届いた。

『駅に着いた』という簡単ないつもの連絡事項だ。

円香はキッチンに向かい、食事の準備をする。用意ができた頃、和馬が帰宅した。

「お帰りなさい」

和馬は「ああ」と呟き冷蔵庫を開けて、露骨に顔をしかめた。

「おい、ビールは？」

「あっ、ごめんなさい、もうなかった？」

「なんだよ、仕事で疲れて帰って来てからの楽しみなんだから忘れるなよ」

今日一日何をしていたんだ、亜美と遊んでいるだけだろう、とブツブツと文句を言い、イライラしながら棚からウィスキーとグラスを出す。

「ごめんなさい」

円香は落ち込みながら、冷凍庫から氷を用意した。

和馬はブスッとした様子でテレビに目を向け、食事を終えたあとは、無言のまま浴室に向かった。

棘《とげ》のある彼の雰囲気に居たたまれなさを感じながら、円香はキッチンで食器を洗う。

いつからだろう、この感じ。会話らしい会話もなく、枯れたような毎日。

重い気持ちで洗い終えた食器を布巾で拭いていると、入浴を終えた和馬は無言でリビングを素通りし、何も言わずに寝室へ向かった。

「えっ、もう寝ちゃうの？」

円香が慌てて食器を片付け、リビングの電気を消し、寝室に向かうと、和馬は既にベッドに横たわり、いびきをかいて眠っていた。

円香はそっとベッドに腰をかける。

今日、どのくらい会話ができただろう。朝もろくに話していない。ビールがないと、怒られただけだったような気がする。

目頭が熱くなってきて、円香は天井を見上げた。

一流企業に勤める夫に、夢の一戸建て、可愛い娘。私はなんて幸せなんだろう、なんて恵まれてるんだろう。なんて贅沢なんだろう。

つらくなったら、いつも言い聞かせる言葉だ。

だけど結婚って、こんなものなのだろうか？　これが一生続くのだろうか？

「それって、本当に幸せなのかな？」


目覚めると、またいつもの朝が始まる。

いつものように亜美に幼稚園帽子をかぶせ、重苦しい気持ちで家を出ると、眩しいほどに明るい朝日が昨夜の重い気持ちを軽くさせてくれた。

少し歩くと、朝の唯一の楽しみである美少年——あらため広瀬楓が角を曲がり、こちらに向かってくる姿が見えた。

亜美は、彼らに向かって大きく手を振る。

「楓ちゃん、バイバイ」

「おはよう、亜美ちゃん。行ってらっしゃい」

楓は笑顔で手を振り返し、円香を見て会釈する。

円香も動揺する気持ちを隠しつつ、会釈を返した。

「広瀬、懐かれたなぁ」

「きっと、滲《にじ》み出るこの優しさが子どもには伝わるんだよ」

「いやぁ、『楓ちゃん』って言われてるし、女の子だって勘違いされてるんじゃね」

「広瀬、女顔だもんな」

「ちゃんと男の子だって伝えておくよ」

背中にそんな会話が届き、むず痒《がゆ》さに円香は頬を緩ませた。

6

夕方、いつものように円香は亜美を公園に連れて行った。

公園に足を踏み入れると、亜美はきょろきょろと辺りを見回し、残念そうに言った。

「楓ちゃん、いないねぇ」

まるで自分の気持ちを代弁しているようで、円香は思わず苦笑する。

亜美をブランコに乗せて遊ばせていると、「あの……」と背後で声がし、円香の肩がびくんと震えた。振り返ると、そこには楓の姿があった。

突然のことに何も言えずにいると、亜美が「楓ちゃんだ」と嬉しそうにブランコを降り、楓の元に駆け寄る。

「こんにちは、亜美ちゃん」

楓は亜美の頭をよしよしと撫でて、しゃがみ込む。

「亜美ちゃん、僕は男の子なんだよ」

「うん、知ってるよ」

その会話を聞いて、円香は思わず笑った。

「楓くん、亜美は幼稚園でも男女問わずみんなを『ちゃん付け』で呼んでいるの」

そういうことでしたか、と楓は立ち上がった。

「あの、あらためて、昨日はありがとうございました。母に昨日のことを伝えたら、お礼にとこれを持たされまして……」

そう言って少し恥ずかしそうに、小さな紙袋を差し出す。

「そんな、何かをもらうほどのことなんてしてないから」

「これ、うちの母親が作ったクッキーなんです。迷惑だとは思いますけど……」

手作りのクッキーと聞き、それじゃあ、と円香は戸惑いながら紙袋を受け取った。

「ありがたくいただきます。ごめんなさい、かえって気を遣わせてしまって」

「いえ、うちの母親、こういうことが好きなんで、すみません」

楓はそう言って恐縮そうに肩をすぼめた。

紙袋の中から香ばしい、美味しそうな香りが漂ってきた。

「わっ、いい匂い、美味しそう」

楓は嬉しそうに目を弓なりに細めた。

少年のようでいて、どこか大人びた微笑みに、目が奪われる。

「もう鍵を落とさないように気を付けてね」

照れているのを隠すために年上ぶった口調で言うと、はい、と彼は素直に頷いた。

すかさず亜美がよく通る声で言った。

「でもね、ママもね、鍵なくしたんだよ、この前」

「あ、亜美」

「そしたらね、鍵ね、冷蔵庫の中に入ってたの。冷たくなってたの」

「どうして冷蔵庫に？」

「それは……買い物と一緒に入れてたみたいで」

「そっか、そういうこともあるんですね」

「ううん、そんな失敗するの、私くらいだと思う」

楓は口に手を当てて肩を小刻みに震わせて笑う。

「朝、いつもすれ違いますね。ご近所なんですか？」

「あ、うん。この公園から徒歩圏内。楓くんはあそこの高校でしょう？」

円香は高台に建つ高校を指差した。

「はい」

「偏差値が高い名門私立高校だよね……楓くんも優秀なんだろうね。志望大学とか決まってるの？」

「高校が私立なので、大学は国立に行けたらと思ってます」

「そっか、国立は大変だ。がんばってね」

ありがとうございます、と楓は答えて、公園内の柱時計に目を向けた。

「それでは、これから部活があるんで失礼します。突然すみませんでした」

楓は会釈をして、背を向ける。

「楓ちゃん、バイバーイ」

亜美とともに円香も手を振りながら、「部活をしてるって、少し意外」とつぶやいた。

何より、鍵の件をわざわざ母親に伝えたというのも意外だった。

見た目と違って幼い部分を残しているのかもしれない。なんにしろ、良い子だ。

円香は亜美を見下ろして「さっ、帰ろうか」とその手を取った。

## 第二章　接近

### 1

美華《みか》と会わない日でも和馬《かずま》の帰宅時間は変わらない。仕事が早く終わっても本屋やパチンコに立ち寄り、結局、毎日同じ時間に帰宅する。

最近、円香《まどか》の顔を見ると何故かイライラする自分がいることに気付いていた。面白味のない会話にケチをつけたが、それは今に始まったことではない。

イライラの原因が何かは分からなかった。彼女が日に日に、オバサンになっていく姿に嫌悪感を覚えているのかもしれない。とにかく一挙一動、イライラさせられた。

和馬がリビングに入ると、円香はいつもの様にキッチンで食事の支度をしていた。

「お帰りなさい」

円香はそう言って、にこりと微笑む。

新婚の頃は、食事の支度をする彼女を背後から抱き締め、じゃれ合ったものだった。

しかし、今はそんなことする気にもならない。
妻は女ではなく、『家族』になってしまったように感じていた。
円香はいつものように食事をダイニングテーブルの上に並べる。
和馬は、いただきますの言葉もなく、食事に手を付ける。
料理は美味しいと感じていた。裁縫《さいほう》や料理が得意な円香は、良い妻なのかもしれない。
女を欲したならば、外に求めればいい。
和馬は美華を思い浮かべ、ふっ、と笑う。
食事を終え入浴し、寝室に入ると、円香はドレッサーの前で髪をとかしていた。
そして和馬を見て、言いにくそうに小声でつぶやく。
「あの、今日、あの日で……」
排卵日の報告をするというのは、第二子のために夫婦間で取り決めたことだ。
毎度、円香はとても言いにくそうに報告する。最初の頃はその姿も可愛く思えていた。
けれど、今は苛立ちが募《つの》る。
「……疲れてるんだ」
和馬はそれだけ言って、ベッドに入った。
今日は美華と寝て来たわけではないので、行為に及ぶことは可能だった。

だが、彼女が排卵日にかこつけて自分を欲しているようで、気が滅入った。

なぜこんなにも、円香に苛立つのか、和馬は自分自身をよく分かっていなかった。

不倫をすることで自分の妻に今まで以上に優しくなれる男もいるが、和馬は違った。

円香に対する罪悪感が悪い方向に働いていることに、和馬は気付いていなかった。

## 2

今や月に一度になった、第二子を儲けるためだけに行なう夫婦の交わり。

それすら断られた円香は、ショックを隠せなかった。

はぁ……、と円香はキッチンで溜息をつき、ボールの中の生クリームに視線を落とす。

「さやかに元気をもらおう」

さやかというのは、円香の高校時代からの友人だ。今日遊びに来るため、朝からケーキを焼いて、友人を迎える準備をした。

「ひっさしぶり。噂のパン屋さんで新作パンを色々GETして来たよ」

昼時に訪れたさやかは、近所で評判のベーカリーショップのパンを手土産に訪れた。

「ありがとう、食べてみたかったから嬉しい」

二人は、パンとケーキとコーヒーで、互いの家庭の話に花を咲かせていた。

「もう聞いてよ。今も認可の保育園に入れなくて、無認可に通ってるんだけどさ、せっかく働いたお金がほとんど保育園代に飛んでいく気がして、なんだかなぁ、って思うよ」

さやかはパンを頬張りながら、不満そうに言う。

彼女は苦労人だ。高校時代に父親が他界し、大学進学を諦めて、飲食店に就職。そこで知り合った料理人と結婚した。今は二人で店を持つ夢を叶えるために、まだ幼い子どもを保育園に預けて夫婦で懸命に働いている。

今日は店が定休日なので、遊びに来ることになっていた。

「それは大変だね……」

「うん、円香がほんと羨ましい。今どき専業主婦なんてセレブくらいだと思うよ」

「そんな、大袈裟。それに羨ましいことなんてないよ。私も働けるなら働きたいし」

「え、じゃあ、働いちゃいなよ？　でもなかなか仕事なかったり？」

「夫が反対しててね。自分が小さい時、両親が共働きで寂しい思いをしてきたから、亜美にはそんな思いをしてほしくないんだって。それに私は専業主婦向きだって」

はーっ、とさやかは熱い息をつく。

「優しいねぇ。いいなぁ、一人で家族を養える経済力があるんだから。そういえば旦那さん、円香にメロメロだったよね。外に出したくないだけじゃない？　あー羨ましい」

羨ましい、と言われるたび、心の中の何かが剥《は》がれ落ちる。

「郊外とはいえ、こうして一軒家だしさぁ。ほんと、円香は良い人と結婚できたよねぇ」

相槌をうちながら、円香の頬に何か熱いものが伝っていた。

「ちょっ、円香、どうしたの？」

えっ？　と円香は戸惑うも、すぐに自分が泣いていたのに気が付いた。

「あ、ごめん……」

「もしかして、旦那さんと何かあった？」

「大したことではないんだけど、ただね……最近……」

——自分の価値が分からないのだ。

家にいて家事をして育児をしている。

それも大事な仕事だとは思っている。だが、和馬は家にいることを望みながら、家にいる私をどこかで蔑視している。

働いてないと自分が世の中に取り残された、無価値な人間のように思えてくるのだ。

どんどん若さは失われ、彼が私に感じていた魅力はもうないのだろう。

会話はなくなり、夜の夫婦生活も憂鬱を通り越して、嫌そうだ。だけど自分が恵まれているのは分かっている。感謝すべきなのだ。

泣きながら、そうした事情を伝えると、「そっかあ」と、さやかは大きく息をつく。

「ずっと円香が羨ましかったけど、中に入ってみないと分からないよね。専業主婦も恵まれているようだけど、罵倒されながらやるんだったら、奴隷と一緒って気もするし」

奴隷という言葉が胸に刺さる。同時に、どこかしっくりもきた。主人の顔色を窺いながら、小さくなって身の回りの世話をしている自分は、それに近い。

それは言い過ぎかもしれないが、間違いなく対等ではなかった。

亜美が乳児のうちは、こんなに卑屈になっていなかった。赤ん坊の世話は、誰が見ても大変だからだ。

そのことを伝えると、さやかは、ふむ、と頷く。

「それは単に、円香に余裕ができたってことじゃない」

「え、余裕?」

「そっ。今まで乳児を育てるのに必死だったじゃない? 旦那は仕事で忙しいわけだし、自分一人が大変でイライラしたり当り散らしたりしたこともあったと思うんだ。そして、子どもが幼稚園とかに入って急に自分に余裕ができることで、ようやく旦那が自分をどう見てるか気になりだす、っていうのはどこの家でもあると思うんだんよね。旦那さんは、きっと昨日今日で変わったわけじゃないと思うよ。今の夫婦関係は、旦那さん一人が作ってきたことじゃない。夫婦で一緒に作ってきたことでもあると思うし」

うん、と円香は目を伏せると、さやかは慌てて言う。

「あっ、責めてるわけじゃないからね。ちょっと違うけどどうちも同じようなことがあるから、すごく分かるって。私が言いたいのは悪いのはどっちとかではなく、今の夫婦関係が三年かかってできあがったものだとしたら、そんなに簡単に変われないよね？」

「そうだよね」

的を射たさやかの言葉に、円香は深く頷いた。

「思えば私、亜美が幼稚園に入るまで、和馬のことを考えてあげたり気遣ったことなんてなかったかもしれない。いつも『私ばかりが大変』って口には出さなくても思っていたと思う。さやかの言う通り三年かかって作り上げた今の良くない関係なら、もう三年かけて、良い関係を作るようにがんばればいいんだよね」

涙を拭って拳を握ると、そうそう、とさやかも拳を握った。

「だって夫婦関係は、ずーっと続くんだから」

そんなさやかを前に、『やっぱり素敵な友達だな』と円香はあらためて思う。

「それにね、円香。自分自身が輝かなきゃ駄目だよ」

「だよね。やっぱり働いたりした方がいいのかな？」

「たしか外に働きに出て輝く人もいると思うけど、そもそも旦那さんが専業主婦を望んでるわけだし、大前提としてそれに罪悪感を持っちゃ駄目ってこと。楽しまないと」

「楽しむかぁ……」

「そっ、お金をかけずにできることいっぱいあるじゃん。自分が楽しいと思うことをやらなきゃ。学生時代ピアノを弾いてた円香はカッコよかったよ。あの文化祭良かったよね」

懐かしい話題に、円香の顔が綻ぶ。

「ありがとう、楽しかったね」

「あと、『推し』を作るのもいいと思うよ。私にもいるんだけど、生きる支えになるから。課金はできないんだけどさ、眺めているだけで幸せで」

「『推し』かぁ……」

円香の脳裏に、楓の姿が浮かんだ。

眺めていて嬉しくなる。だけど恋愛感情ではない。一線を引いた状態で、応援していたい。楓に抱いているのは、そんな気持ちだ。

「そうか、これが、『推し』というものだったんだ……」

ぽつりと零した円香に、さやかは「あ、いたんだね」と目を輝かせる。

うん、と円香は微笑んだ。

「私も眺めているだけで幸せ」

3

さやかが帰ったあと、円香は自分が楽しくてイキイキできていたことはなんだっただろう、と思い返した。

裁縫も料理も嫌いじゃない。家にいるのも苦じゃない。和馬の言う通り、専業主婦は向いている方だと思う。

それじゃあ、家にいてやりたいことはなんだろう？

「英会話の勉強とかしてみようかな。語学をがんばってみたい」

円香はぽつりとつぶやいて、天井を仰ぐ。学生の頃、英語の授業で耳がいいと言われたことがあった。それはピアノをやっていたおかげだろう。

さやかにカッコよかったと言ってもらえたのを思い出し、円香は立ち上がる。

リビングに置かれた、今やただの飾りにもならなくなっているグランドピアノのカバーを取り外し、鍵盤に手を触れた。

ポーン、と音が響く。春に調律をしてもらっているので、音は合っていた。

ピアノは幼稚園の頃から習っていた。小学校・中学校と、円香はクラスで『ピアノを弾く係』だった。小学校のコンクールで優勝した際、かつてピアノを弾いていた喜んだ祖父が喜んで、このグランドピアノを譲ってくれたのだ。

大学もピアノ科がある音楽系短大を卒業している。

楽器店に就職して、ピアノ講師をできたらと思っていたのだが、それも叶わず、結局、事務系の派遣社員となった。

その後は仕事に追われて、まったく弾かなくなってしまった。

それでも、このピアノだけは手放せなくて持ってきた。

ピアノに関して、好きとか嫌いとか考えたことがなかった。

幼い頃から続けていて、やめられなかったもの、という感覚だ。

高校の文化祭は、吹奏楽部の仲良し有志たちと演奏をした。

それまで、円香はクラシックしか弾いていなかった。初めてジャズやポップスを弾いて、大勢の前で演奏し、盛り上がる会場の雰囲気に感動したのだ。

「……そんなこと、すっかり忘れてた」

円香はグランドピアノの前に座り、鍵盤の上に両手を置いた。久しぶりで、胸が弾む。

文化祭で弾いたオープニング曲は、ジャズバージョンの『星に願いを』だった。

円香は深呼吸をしてから、『星に願いを』を奏でる。

指が堅くなってる。しかし指はちゃんと旋律を覚えていた。

ピアノが好きだったんだ、と実感した。

「もう一度、ピアノを始めてみようかな……」

今度はなんとなくではなく、自分が何をしたいのか、しっかり向き合ってみたい。

4

亜美が幼稚園から戻ると、手を洗いながら跳ねるように言った。

「ねぇ、ママ、きょおも公園に行きたい」

「まずはお水を飲んでからね」

はいっ、と亜美は冷蔵庫からミネラルウォーターを出して、ごくごくと飲む。

「飲んだから、公園に行こう」

その時、円香のスマホが鳴った。見ると実家からの着信であり、はい、と電話に出る。

『円香、久しぶり？』

「お母さん？　どうしたの？」

『どうもしないけど、久しぶりに声聞きたくなっただけよ、元気かい』

「うん、元気だよぉ、亜美もすっかり幼稚園に慣れたし。あっ、今日ね、さやかが来てくれたの。相変わらず元気だったよ」

久しぶりの母との通話は、話が弾んだ。円香はソファーに腰をかけて楽しげに近況報告をする。その間、「ママー、公園はぁ？」と腕に絡む亜美を「ちょっと待ってね」と簡単にあしらっていた。

通話を終え、満足した気持ちで顔を上げ、「亜美、ごめんねぇ、公園に行こうか」と声をかけるが返事はなかった。

「亜美？」

亜美がいつも一人で遊んでいる和室を覗いてみるものの、姿はない。

まさか、と円香は玄関に走る。見ると亜美の靴がないことに気づいた。

「嘘、あの子……鍵を開けて家を出て行ったの？」

今まで亜美が勝手に家を出ることなどなかった。だが、幼稚園に行くようになり、どこか怖いもの知らずになり、気をつけてはいたつもりだった。だがまさか、電話をしている隙に玄関の鍵を開けて出て行くなんて、想像もしていなかったことだった。

円香は慌てて家を飛び出し、公園に走る。

しかし公園には、亜美の姿はなかった。円香の顔から血の気が引いていく。

「いない……どうして？　どうしよう……」

公園内で遊んでいる子どもたちに亜美を見なかったか訊ねてみるものの、皆は「小さな子は見てないよ」と答えた。

亜美は、公園に向かうつもりで迷ったのかもしれない。

円香はすぐに公園を出て、家から公園までの亜美が間違え兼ねない道を走って回る。

探しながら、心臓がばくばくと打っている。

亜美がいなくなったらどうしよう。このまま見付からなかったらどうしよう。悪い人にさらわれていたらどうしよう。

あちこち走り回るも、一向に亜美の姿は見当たらない。

どうしていないの？

もしかして、変な人にさらわれてしまったりしていないよね？

車に撥《は》ねられたりしていないよね？

お願い、どうか亜美が見付かりますように。何事もありませんように！

円香は肩で息をしながら方々捜し回り、もしかしたら家に戻ってるかもしれない、と踵《きびす》を返して家へと向かって走る。

自宅の近くまで来た時、楓に手を引かれている亜美の姿が目に入った。

「亜美っ！」

亜美はにこにこ笑いながら「ママー」と手を振る。

円香は亜美の元まで駆け寄り、力一杯抱き締めた。

「亜美、どこに行ってたの、ママ、心配で……心配で……」

抱き締めた手に力を込めながら、涙がボロボロと零れ落ちた。

すみません、と楓が申し訳なさそうに頭を下げる。

「亜美ちゃん、気が付いたら、僕の後をついて来ていまして……」

イヤホンをしていて気付かなくて、と楓は続ける。

「ママのお電話長いから、先に公園に行こうと思ったら、楓ちゃんがいたからママの代わりに遊んでもらおうと思ったの」

円香は状況を把握し、力が抜ける気がした。

「亜美、よく聞いて。そして約束して。まだ小さい亜美が一人でお外に出るのは危ないんだよ。車にぶつかったら死んでしまうし、楓くんが優しい人だったから良かったけど悪い人につかまってしまったら、ママとパパに会えなくなっちゃうんだよ。だからお願いだから、もう一人で外に出たりしないでね。ママ、お電話長くて悪かったと思う。でも勝手に家を出るのは駄目。もう、こんなことしないって、ママと約束して」

しゃがみこみ、亜美の目を見てしっかりと伝えながらも、絶え間なく涙が溢れ出た。良かった。亜美が無事で本当に良かった。

全身が震えている。亜美も事の重大さを肌で感じたようで、「……ごめんなさい」と目を伏せた。

「僕もしばらく気付けなくて、すみませんでした」

再び頭を下げる楓に、円香は涙を拭い、「そんな」と立ち上がる。

「謝るのはこっちの方です。本当にご迷惑をおかけして」

いえいえ、と手を振った楓の左の掌が血で滲んでいるのに気が付いた。

「その手は……？」

「あ、いえ、これはなんでもなくて……」

「楓ちゃん、亜美のせいでね、転びそうになって、おてて怪我をしてんだよ」

「どういうこと？」

円香は、前のめりになった。

事情を聞くと、楓の姿を見付けた亜美は遠くから呼びかけたそうだ。

だが、楓は気付かずに歩いていき、なんとしても気付いてもらいたかった亜美は、全力で駆けて、後ろから楓のシャツを勢いよく引っ張ってしまった。

突然のことにバランスを崩した楓はそのまま倒れそうになり、亜美にぶつからないようにかばったことから、掌を擦《す》り剝《む》いたそうだ。

ええっ、と円香は青褪《あおざ》めながら、口に手を当てた。

「そこまでご迷惑をかけていたなんて……亜美、なんて危ないことっ！」

亜美はしゅんとして俯き、楓は慌てて言う。

「あの、亜美ちゃんは、僕にもう何度も謝ってくれたんです。ですので、もう叱らないであげてください。それに、ちょっと擦っただけですし」

「そんなわけには。とりあえず、消毒をするから入ってください」

と、円香はすぐ前にある自宅を指差す。

「いいえ、本当に大したことないので」

「そういうわけには」

少し押し問答になったが、やはりちゃんと消毒はすべきだから、と円香は楓を家に招き入れた。

まずは洗面所で軽く水で流してもらってから、リビングのソファーに座るよう促す。

円香は薬箱を出して、はあ、と息をつきながら脱脂綿に消毒液を含ませた。

「本当にごめんなさいね。ちょっと滲みるかも」

ピンセットで脱脂綿を挟み、擦り剥けた部分に当てると、楓は微かに目を細めた。

「あっ、痛かった⁉」

大丈夫です、と楓ははにかむ。亜美が心配そうに楓を顔を覗いた。

「楓ちゃん、大丈夫？」

「大丈夫だよ」

「ほんとに？」

うん、と楓は優しく微笑む。そんな二人のやり取りを見ながら、円香は薬箱を片付けて、そのままキッチンへと向かった。

さやかが来るということで焼いておいたケーキがまだある。

円香は紅茶の用意をし、ケーキとともにトレイに載せて、リビングへ戻る。

楓は、亜美と幼稚園でするような指遊びをして遊んでいた。

「楓くんは、子どもの扱いが上手なんだね」

「年の離れた弟がいるんですよ」

そうなんだ、とテーブルの上にケーキを並べる。亜美は目を輝かせた。

「わぁ、ケーキだ。食べてもいいの？」

「うん。楓くんも良かったら」

亜美は嬉しそうに子ども用椅子に座り、「いただきまーす」と声を上げた。

そんな亜美を見て楓はふふっと笑い、「すみません、いただきます」と会釈する。

上品にケーキを食べる整った横顔を眺め、『やっぱり『推し』だ』と円香は口に手を当てる。

視線に気付いた楓は不思議そうに、小首を傾げた。

こんなふうに見られては不快だろう、と円香はすぐに目をそらす。

「今日は本当にごめんなさい。なんだか亜美がすっかりあなたに懐いちゃって……まさか後までついて行くなんて」

あらためて円香が頭を下げると、楓は首を横に振った。

「いえ、僕こそ、もっと早くに気付けば良かったんですけど」

「ううん、ちょっと目を離した私が悪いのよ。まさか勝手に家を出るなんて思わなかったから……そして、こんなこと初めてで私も取り乱しちゃって」

みっともない姿見せてしまって……、と円香は身を縮める。

楓はそんな円香の姿を見ながら、ぽつりと口を開いた。

「……実は僕、六つの時に母を亡くしているんです」

突然の予想もしない言葉に、円香は驚いて目を開いた。

クッキーを焼いたというのは、彼の継母ということだろうか？

「母と早く死別してしまったので、思い出が少ないんです。でも、一つだけ鮮明に覚えていることがあるんです。僕も五つの頃、亜美ちゃんと同じように一人で遊びに出かけて、家に帰るのが遅くなったことがあるんです。いつまでも帰らない僕を母が必死で捜しにきて、僕の姿を見るなり泣きながら駆け寄ってきて、『お願いだから心配かけさせないで』と言って、抱き締めてくれたんです。さっき亜美ちゃんを窘《たしな》める姿を見て、その時のことをなんだか思い出しました」

そう言うと楓は懐かしむような、切ないような表情を浮かべた。

微笑を浮かべているものの切なさが伝わり、円香の胸が苦しくなる。

こんな時、なんて言ってあげたらよいのだろう、と思案に暮れる。

「……母親って、心配が絶えないのよね」

考えた結果、そんな言葉しか出てこなかった。

「そうですね、今の母もよく僕のことを心配してくれていますよ」

その言葉に円香は心なしかホッとした。

「優しいお母さんなんだ」

「はい。でも、なんていうか優しい人っていうより、バリバリした感じです。仕事が好きで明るくてイキイキしていますよ」

「どんなお仕事しているの？」

イキイキと言う言葉に興味を引かれた円香は、思わず身を乗り出した。

「ファイナンシャルプランナーです」

へえ、と円香は興味を抱く。

「家計相談程度に訪れる人も多いみたいですよ。駅前のショッピングモールの中に入っているんですが、もし興味があったら、今度行ってみてください」

楓は、まるで宣伝したみたいですね、と笑った。

行ってみるね、と円香はうなずき、そういえば、と楓を見た。

「そういえば、楓くんは何部に入ってるの？」

「ディベート部です」

「それって弁論のようなのだよね？　『ディベート部』なんてあるんだ……」

「はい。ちゃんと大会とかもあるんですよ。もう少しでディベート大会なんで、今追い込み中なんです」

「大会って何をするの？」

「あるテーマに基づいて否定派と肯定派に分かれて協議して行くんです。最後に審判がどっちが説得力があったかを決定し、勝敗が決まるんです」

円香がよく分からないままに相槌をうっていると、その心中を察した楓は紅茶のカップをゆっくりと置いた。

「以前、安楽死ってテーマがあったんです。安楽死についてどう思いますか？　植物人間になってしまった身内を安楽死させることについてどう思いますか？」

円香は、亜美が事故に遭い植物状態になったことを想像し、険しい表情を浮かべた。

「安楽死なんてさせたくない。だって何かの奇跡で目覚めるかもしれないし」

「でも、目覚めない可能性の方が遥かに高いですよ。植物状態のまま入院を続けるのは、経済的にも厳しく、それにその人の臓器で多くの人が助かるかもしれない」

「ううん、本当に死んでしまったら仕方ないけど、生きているうちは生きようとがんばっているわけだから、安楽死なんてさせたくない」

思わずムキになって言うと、楓は笑顔を見せた。

「こんなふうに否定派と肯定派に分かれて、順番に主張していくんですよ」

円香は大きく納得して、なるほどと首を縦に振る。

「さすが、名門高校の学生さん。私は頭が悪いから……」

常に和馬に『頭が悪い』と言われているので、ついそんな言葉が口をついて出た。高校生を前に何を言ってるのだろう、と円香は反省する。

「そうですか？　僕は頭の悪い人というのは、人の話を理解しようとしない人、話を聞こうとしない人のことをいうと思いますよ」

紅茶を飲みながらさらりと言う。円香は思わず前のめりになった。

「それじゃあ、くだらない話しかできない人のことはどう思う？」

「うーん、そもそも雑談って、基本的にそんなものではないでしょうか？　僕たちの休憩時間の会話を聞いたら、くだらなすぎて失笑すると思いますよ」

楓はそう言ってにこりと笑う。

円香は何も言えなくなって、目を伏せた。

「そもそも会話は、双方が『話したい、聞きたい』という気持ちじゃないと成り立たないと思います。疲れていて聞く気力がなかったら、どんな話題でも拒否してしまうのかもしれないですね」

遅い時間に帰ってきて、何も話したくなさそうな和馬の様子を思い起こし、その通りかもしれないと、円香は思った。

彼は、まるでこちらの事情を察知したかのような言葉を紡ぎ出す。

「……楓くんって本当に高校生？」

真顔で訊ねると、楓は思わずと言う様子で小さく笑った。

「将来のために色んな人の話を聞くようにしているんです。そこから学ぶことも多くて。だからちょっと耳年増というか、頭でっかちなんですよ」

「将来のためって？」

「僕、弁護士になりたいんです」

楓は少し恥ずかしそうに言う。円香は「わあ」と目を輝かせた。

「ピッタリだと思う。楓くんなら素晴らしい弁護士になれると思うよ。そっか、それで弁論部に入ってるんだ」

「大学に進んで司法試験に合格して……と、遠い道のりですけどね」

将来、優しくて美しく、人の話を受け止めるように聞いてくれる弁護士が誕生するかもしれない。そう思うと、この世は捨てたものじゃない、という気持ちにまでなった。

「だから楓くんは、お話も上手なんだ」

「えっ、上手ですか？」

「ほとんど関わりのない私とこんなに普通にお喋りできるのは、楓くんが上手だからだと思うよ。そのスキルは本当に羨ましい」

和馬とは、会話が続かないのだ。

「会話を続けるコツは、相手の言ったことを重複させると良いそうですよ」

「どういうこと?」

「どういうことかというと、亜美ちゃんは今、幼稚園生ですよね」

「そう、今年の春から」

「そうですか、今年の春からなんだ。それじゃあ、今三歳ですか?」

「うん、でも来月で四歳になる。三歳まで長かったのに、幼稚園入れるとなんだかアッという間で」

「へぇ、幼稚園に入ったらアッという間に感じるものなんですね……と、こんな感じに相手が言ったことを重複させると会話が続くし、重複しつつ同意をしたりしたら、相手からも同意を得られたりすることが出来たりするそうですよ」

円香は感心のあまり言葉も出ず、はあ、と間抜けな声を上げる。

「あと、会話する時に対面になった場合、相手と同じ、または近いポーズをとるといいそうなんです。向かいに座る相手が右手で頬杖をついていたら、自分は左手で頬杖に近いポーズをとったりとか。合間に労いの言葉を入れると、心を開いてくれることもありますし」

「それも学校で習うの?」

「いえ、これは心理学の本で読んだんです」

「そっかぁ、心理学の本を読んで……って、こんな感じに？」

「そうですそうです」

そんな話をしていると、ようやくケーキを食べ終えた亜美が、リビングの隅のグランドピアノを見て、あれぇ、と立ち上がった。

「どうして、カバーかけてないの？」

「ああ、ママ、ちょっと弾いたのよ」

「家にグランドピアノがあるってすごいですね。本格的に弾いているんですか？」

楓は感心したように言う。

「昔取った杵柄《きねづか》って感じで……」

「楓ちゃん、見て見て、うちのピアノだよ。大きいでしょ」

亜美は楓の手を引っ張って、グランドピアノの許に向かう。円香も二人の後に続いた。

「僕、ピアノに憧れがあるんですよね」

「うん、すごく似合いそう」

でも、何も弾けなくて、と楓ははにかむ。

「楓くんの好きな曲って何？　弾いてみたい曲とか」

円香はグランドピアノの蓋を開けながら訊ねた。

「そうですね……『パッヘルベルのカノン』とか」

「ああ、素敵な曲だよね」

タイトルを知らなくても、流れる旋律を耳にしたならば、多くの人が聞き覚えがあると感じるであろう有名な曲だ。円香はグランドピアノの前に立ったまま、『パッヘルベルのカノン』を奏でる。

「楽譜がなくても、すぐに弾けるんですね、カッコイイ」

しみじみと言う楓に続き、亜美も「カッコイイ」と跳ねる。

「この曲はそんなに難しくないから」

「そうですか？」

「そうだ。右手だけでも弾いてみない？」

「えっ、弾けるかな」

「まず、ここに指を置いて、ターンターンターンタンって、こんな感じで」

と見本を見せた円香に、楓は戸惑いながらも右手を真似て弾いてみた。

円香は楓のスピードに合わせて左手を弾く。

「ほら、意外に簡単でしょう？」

「簡単とは思えないですけど、好きな曲を弾けるって感動ですね」

楓はそう言って、本当に嬉しそうに顔を綻ばせる。

その瞬間、円香のスマホが振動し、慌ててポケットから取り出す。さやかからだった。『今日はありがとう』とメッセージが入っている。

「あっ、最新機種ですか？」

楓は円香のスマホを見るなり、羨ましそうに言う。

「あっ、そうなの。ずっと古いのを使っていたんだけど、そろそろと思って。どうせまた長い間使うことになるだろうから、一番新しいのにしちゃえと思って」

「僕のも長い間使ってるから古いんですよね」

そう言いながら、楓もスマホをポケットから出した。

「楓くんは、彼女はいないの？　学校で女の子にモテそう」

「うちの学校、男子校なので女の子はいないんですよ」

「あっ、そういえばそうだった」

顔を見合わせ、ふふっと笑った。

「彼女はなかなか……勉強や部活で忙しくて」

「なんだかもったいない。メッセージのやり取りも相手は男の子ばかり？」

あとは家族ですね、と楓は洩らし、そうだ、と円香を見た。

「連絡先、教えてもらえませんか？」

えっ、と円香は目を見開く。

「また、亜美ちゃんがついて来ないとも限らないし」

「あ、そうだね。そうしてもらえると……」

推しと連絡先の交換ができるなんて、と円香はどぎまぎしながらＱＲコードを出す。

とりあえず、と送り合ったメッセージを確認しながら、「円香さん、って言うんですか？」

と顔を上げた。

そう、と円香はうなずく。

「かわいい名前ですね」

「オバサンをからかわない」

「円香さんは、オバサンじゃないでしょう」

「高校生から見たら、三十一歳はオバサンでしょう？」

「ＣＭで引っ張りだこの人気女優と同じ年じゃないですか」

「さすが、弁護士の卵、ありがとう。楓くんはいくつ？」

「もうすぐ、十七になります」

「若いなぁ……」

「申し訳ないですが、今の台詞は、ちょっと……」

あっ、と円香は口に手を当て、二人はまた笑い、亜美もつられたように笑っていた。

5

楓が帰ったあと、キッチンで食器を洗いながら、円香の顔は自然と綻んでいた。

今日は亜美がいなくなって本当にハラハラしたけれど、無事で良かった。彼には本当に感謝だ。

そんなことを思っていると、和馬からのメッセージが入った。

『今日、飲み会になった。食事はいらない』

内容を見て円香は、ふぅ、と息をついた。

食事の支度をしなくていい。そう思うと一日を終えたような気がし、脱力を覚えながらソファーに横たわる。

和馬にとって、今の私はただの飯炊き女だ。それすらしなかったら、私は本当になんの価値もないのだろうか。

少し落ち込みかけた時、円香のスマホがメッセージを受信した。

メッセージは、楓からだった。円香の心臓が跳ねる。

『今日はケーキごちそうさまでした。とても美味しかったです』

なんて律儀な子なんだろう、と感心しながら、いそいそと返事をする。

『こんばんは、こちらこそありがとう。あんなケーキでよければいつでも。勉強に部活、がんばってね』

そこまで打ち、文章変じゃないよね？　と確認し、緊張しながら送信した。

ややあって、『はい、がんばります。おやすみなさい』と返事が届く。

円香は熱い息を吐き出した。

些細なやり取りで、人は簡単に救われるものだ。

相手が『推し』ともなれば、その影響力は多大だ。

ありがとう、と円香は幸せな気持ちで、スマホを胸に抱き締めた。

## 第三章　狂い始めた歯車

### 1

ゴールデンウィークに入った。

しかし家族でどこ行くと言うわけでもなく、円香《まどか》はいつも通りゴールデンウィーク初日である土曜の朝を迎えた。

早起きの亜美《あみ》のお陰で、休日も円香の起きる時間は平日と変わらない。

熟睡する和馬を寝室に残し、円香は亜美と共にリビングで朝食を摂る。

「パパ、お休みの日は、いつもお寝坊だね」

亜美はパンを食べながら、面白くなさそうに呟いた。

「うん、パパは昨日遅かったみたいだし、きっと疲れているんだろうね」

円香は優しく微笑み、朝のテレビ番組に目をやった。

休日の和馬《かずま》の起床はいつも十時を過ぎた頃。しかし今日は余程疲れているのか、和馬がリビングに顔を出したのは、時計の針がが十一時を回った頃だった。

「パパ、おはよう！」

ようやく起き出してきた父親の姿に、亜美は嬉しそうに飛びついた。

「おはよう、亜美」

円香にはつらく当たる和馬だが、愛娘には違う。

和馬は目尻を下げて亜美を抱きかかえ、ソファーに腰を掛けた。

「朝食、パンでいい？」

円香が対面キッチンから訊ねると、「いや、コーヒーだけでいい」と和馬は答える。

マグカップにコーヒーを注いで、どうぞ、と和馬の前に置くと、和馬は何の言葉もなく、コーヒーを口に運び始めた。

「……今日から連休だね。今回はずっと休めるの？」

円香がつとめて明るい口調で訊ねると、和馬は「ああ」と答える。

「会社から連絡がない限りはな」

「連絡がなければ休めるんだ」

円香は楓のアドバイスに従い、和馬の言葉に重複した返答を心掛けてみた。

「でも、やり残した仕事もあるし、気が向いたら行くかもしれないな」

「そっか、行くかもしれないんだね」

「どうかしたのか？」

いつもの自分ならば『連休だから家族で出かけたい』と言っていただろう。だが、労いの言葉を入れると心を開いてくれるという話を聞いたばかりだ。

「ううん、最近、あなたも毎日遅かったし、疲れも溜まってるだろうから、この連休はのんびりできるといいね」

そう言うと和馬は居たたまれなさそうに顔を背ける。

「……まぁ、たまに亜美と遊んでやりたいとも思うんだけどな」

その言葉に、亜美は「わあ」と目を輝かせた。

「パパ、亜美ね、UFOキャッチャーしたい」

キャアと嬉しそうな声を上げる亜美に、和馬は笑みを浮かべた。

「そうか。じゃあ、ショッピングモールに行くか」

亜美を抱き上げてそう言った和馬に、円香は目を輝かせた。

すごい。楓の言うとおり相手の言ったことを重複させて、労いの言葉を入れたら、会話がつながったうえ、珍しく家族で出かけられることになった。

ありがとう、と円香は人知れず拳を握った。

2

そうして円香は、和馬と亜美と共に駅前のショッピングモールを訪れた。

亜美のリクエストに従い、UFOキャッチャーで遊び、店内を見て回る。

「あの、私、今度の参観日用に夏物のお洋服欲しいんだけど、少しだけ見てもいいかな」

言い難そうにそう告げた円香に、和馬ではなく亜美が「えー？」と露骨に不満そうな声を上げた。

「ママがお洋服見ると長くなるからいやだぁ。亜美ね、アニメの映画に行きたいの」

そんなストレートな亜美の言葉に、和馬はプッと笑う。

「それじゃあ亜美、パパと二人で映画に行こうか。その間ママをゆっくりお買い物させてあげよう」

和馬らしからぬ提案に円香が驚く横で、亜美は「わあい」諸手を上げた。

「うん！　パパと映画観る」

「えっ……いいの？」

「実は睡眠不足で眠いんだ。映画館で仮眠取るよ」

と亜美に聞こえないように囁《ささや》く。和馬の本音に、円香は思わず笑った。

「それじゃあ、私、モール内を見てるから、映画終わったら電話してね」

「分かった、それじゃあ亜美、行こう」

和馬と亜美が映画館に向かう背中を見送ったあと、円香は深呼吸をした。

一人で自由にショッピング楽しめるなんて一体何年ぶりだろう？

円香は胸を躍らせながら、気に入っているショップに入っては、洋服を眺めた。

買い物には時間がかかりがちの円香だが、今日はたまたま頭でイメージしていたトップスがすぐ見付かり、チャンスとばかりにすぐさま購入した。

気に入った服が手に入り、空いた時間はカフェに入りたい、とショッピングモール内を歩きながら、ふと思い出して、足を止めた。

そういえば、このショッピングモール内で楓の母が働いているという話だった。

探してみると、奥へと続く通路があり、突き当たりにある開放されたガラス張りのオフィスの扉に、『ファイナンシャルプランナー・只今無料家計相談会実施中』『投資信託を比較』という紙が貼られている。

営業していそうな雰囲気だったので、円香は慌てて近くの焼き菓子店でフィナンシェのセットを購入し、窺うようにオフィスを覗き込んだ。

「こんにちは、家計無料相談していきませんか？」

ショートヘアの元気そうな女性が、笑顔で声をかけていた。四十代半ばであろう。胸には『広瀬恵美』というネームプレートが付いている。

「あの、広瀬さん……ですか？」

円香が窺うように訊ねると、彼女はぱちりと目を瞬かせる。

「はい、広瀬です」

「あの、私は西沢円香といいます。広瀬さんは、楓くんのお母様ですか？」

ぎこちなく訊ねると、彼女は、「ああ！」と声を上げた。

「もしかして、鍵を拾ってくれた亜美ちゃんのお母さん？」

明るくそう言った彼女に、円香は驚きながらも、はい、と頷く。

「先日はクッキーをありがとうございました。その上、楓くんにはお世話になって、一度お礼をと思ってまして。良かったらこれ食べてください」

恥ずかしさに頬が熱くなるのを感じながら、菓子折りを差し出す。

「わざわざすみません。あっ、そこのテーブル席にどうぞ座ってください」

そう言って彼女はテーブルセットに手を差し向ける。

円香は、失礼します、と椅子に座る。

彼女はコーヒーを用意して、向かい側に腰を下ろした。

「噂の可愛いチビ姫様は、どこなのかしら?」

亜美の姿を捜すように首を伸ばした恵美に、円香は首を振った。

「亜美は今、主人と映画を観に行ってて」

「あら、残念。楓がとても可愛い子だって言うから会いたかったわ。お母さんがこんなに可愛いんだもの、きっと亜美ちゃんも可愛いよね」

恵美の快活な雰囲気に、円香は圧倒されながら、相槌をうつ。

「ああ、コーヒー、大丈夫だったら飲んでくださいね」

「ありがとうございます」

円香はゆっくりコーヒーを口に運び、ぎこちなく話し出す。

「私のことをすぐ分かってくださって驚きました。楓くん、なんでもお母さんに伝えてるんですね」

「そうね、楓は割となんでも話してくれるのよ」

「今時、珍しいような良い子ですよね」

心から感心して告げると、恵美は肩をすくめた。

「まー、なんていうか、あの子はがんばってくれているのよ」

その言葉を聞き、楓の本当の母親が亡くなっている話を思い出し、円香は思わず目を伏せる。

円香の様子を見て、恵美は「もしかして」と小声で訊ねた。

「楓から聞いていた？」

「本当のお母さんを亡くしてしまった話……ですか？」

そう、と恵美はうなずき、少し驚いたように洩らす。

「楓が亡くなったお母さんの話を誰かに話すの、もしかしたら初めてじゃないかしら」

えっ、と円香が顔を上げると、恵美は一拍置いて、ふぅと息をつき、カップを包むように手にした。

「あの子のこと、周囲の人たちに褒められるの。みんな私と楓が本当の親子だって信じてるから。私も特に本当のことを言ってなくてね。隠しているわけではないんだけど」

恵美はそう言って、遠い目を見せる。

「楓は本当に良い子。良い子すぎて、切なくなってきちゃうくらい」

目を伏せて言う恵美に、円香は黙って次の言葉を待った。

「……円香さんは、楓のことを知ってくれて、こうして訪ねてきてくれた。けど、私との接点はない。こう言っては何だけど赤の他人じゃない？　なんて言うんだろう。赤の他人だからこそ、聞いてもらいたいというか、吐き出させてもらっていいかしら」

これもご縁ってことで、と言う恵美に、円香は「は、はい」と頷く。

「私は誰にも言いませんので」

強い口調で言うと恵美は少し愉しそうに口角を上げる。コーヒー一口飲んでから、ゆっくりと話し始めた。

恵美の話は、こうだった。

楓の母は人が良く、家族に内緒で友人の借金の連帯保証人になった。

だが、結局、友人に逃げられて、多額の借金を背負ってしまった。楓の母はそれを夫に相談できずに、藁《わら》をもつかむ思いでファイナンシャルプランナーである恵美の所に相談にきたという。

こうした事情を恵美は、あけすけにではなく、オブラートに包みながら話す。

円香は、恵美が言葉少なめに話すため、脳内で話を補填しながら、聞き入った。

恵美は、楓の母に、『とにかくご主人にすべてを打ち明けて、夫婦で協力して一日でも早く借金を清算するように』と勧めたそうだ。だが、彼女は夫に打ち明けられなかった。

「結局、言えずに一人で抱え込んで……最期は自分で命を……」

そこまで言って、恵美は口を噤む。

円香はあまりの衝撃に、何も言えずに大きく目を見開いた。

楓の母は事故か病気で亡くなったのだろう、と思っていたのだ。

「だから、あの子が良い子すぎるのは、防衛本能なのよね」

どういうことだろう？　と円香は前のめりになる。

「……楓の母が亡くなった直後に、彼女から私の許に手紙が届いたの。命を絶つ前に投函したのね」

話を聞きながら、円香の鼓動が強くなる。

手紙には、『私の保険金で借金を払うよう、夫に伝えて欲しい』と書かれていた。

どうやって伝えようか迷った恵美は、彼女の夫に手紙を見せに行くことにした。

彼は、妻がただの事故ではなく、自殺だったということに大きな衝撃を受けて、『どうして借金なんかで命を落としたんだ、どうして相談してくれなかったんだ』と、その場で泣き崩れたそうだ。

「私は、伝えなければ良かったかもしれないって落ち込んだわ。その時、楓は別の部屋にいるようにしてもらっていたんだけど、どうやらこっそり話を聞いていたみたい……」

円香の喉が、ごくりと鳴った。

「私は奥さんの相談を解決できずに、あんな残念な結果になってしまった後ろめたさから、アドバイスをするのにご主人と連絡を取って、相談に乗っていたの。そうして、色々な問題が片付いて、ホッとした頃だったかしら、ご主人が私に好意を持つようになった。最初は戸惑ったけれど、その内に私も同じ気持ちになってきて、結婚も考えるようになった。でも、私の親は当然のように子持ちの彼との結婚に猛反対で、私もいきなり継母になるのが不安で悩んでいたの。そうしたら、そんな頃ね……」

恵美は懐かしそうに目を細めた。

「楓が私の所にやってきて、『僕のお母さんになってください』って目にいっぱい涙を溜めて頭を下げたのよ。そんな楓が可愛くて、この子とならやっていけると思った。それで、結婚を決意したの」

その姿を想像し、円香の目頭が熱くなる。

「そうだったんですか……それは感動しちゃいますね」

「でしょう？　でも切ない事情があったのよ」

「えっ？」

「楓の父親、つまり今の私の夫は私と結婚したいがために、楓を自分の親の家――楓にとっては祖父母の家に預けようと思っていたみたいなの。そのことを察した楓は自分が捨てられたくなくて必死で私に頭を下げに来たのよ。これは後で知ったことだけど……」

そんな……と円香は瞳を揺らす。

「それでも私は楓が可愛かったわ。あの子は家族を維持しようと誰よりも必死で、いつも一生懸命、私にいろんな話をしてくれて、少しでも本当の親子になろうと努力してくれている。私はそんな楓がいじらしくてね。自分の子どもが欲しかったけど、継子と実子との愛情差が生まれては困るから、楓のために自分の子どもを作るのは諦めようと思ってた。そうしたら、今度はそんな私の気持ちを察したのね、『お願いお母さん、僕、弟か妹が欲しい』って、頼まれたわ。……本当にあの子には脱帽よ」

恵美はそう言って、息をついた。

「それで歳の離れた弟さんが？」

「そう、楓と十一違い。今六歳になったのよ。楓がとても可愛がってくれているおかげで、素直ないい子に育ってるわ。二人とも可愛い息子よ」

話を聞きながら円香は、良かった、と胸に手を当てる。

彼女の言葉に嘘は感じられない。本当に継子も実子も関係なく、二人の息子を愛しているのだろう。

「あの子が弁護士になりたいって言い出した時は、すごく納得したわ。亡くなったお母さんのような弱者を救いたかったのよね。だから私はたとえお金がかかっても評判が良い、私立の高校に入ることを勧めたの。楓はとても遠慮したけど、どうしても行かせてあげたかったわ。そしてバイトも禁じたの。あの子のことだから、自分で学費をなんとかしようとする気がしてね」

円香は何も言わずに、相槌をうつ。

「高校に入っても、楓は毎日色んな報告を私にしてくれるの。それは家族を維持したい、あの子の努力なのよね。それがいじらしくて切なくて……そうさせてしまっている自分がたまに情けなくなるわ」

でもね、と恵美は円香を見る。

「いろんな話をしてくれるなかで、亜美ちゃんとあなたのことは楽しそうに話してくれたのよ。亜美ちゃんが懐いてくれて可愛かったたって。自分がピアノで好きな曲を弾けたって、本当に嬉しそうだった。あの子、ピアノ習いたかったのに言い出せなかったのかもしれないわね」

「それは、お金がかかってしまうから、遠慮して？」

「それもあるだろうし、あの子の本当の母が趣味でピアノを弾いていたみたい。だから、小さい頃は言い出せなかったのかなって」

ピアノに憧れがあると言っていた楓の姿を思い出し、円香の胸がちくりと痛んだ。

恵美は自嘲的な笑みを見せていたが、気を取り直したように顔を上げた。

「楓は自慢の息子よ。あんなに優しくて賢くて、その上、抜群にイイ男でしょう?」

「そうですね」

「素敵な息子を持てて私は幸せよ。でも、たまに楓がちゃんと幸せかどうか心配になる時があるわ。我慢ばかりしているような気がして……言いたいことも言えていない気がして……」

恵美は、ふぅ、と息をついて目を伏せた。

「楓くん、お母さんを褒めてましたよ。自分のことを心配してくれる、素敵な人だって。明るくてイキイキしてるお母さんだって言ってましたよ」

円香がそう言うと、そうなんだ、と恵美は頬を赤らめた。

「そんなふうに言ってくれてたんだ、嬉しいな」

映画が終わったという電話が入り、円香は彼女に礼を言ってオフィスを後にした。

「お礼を言うのは私の方よ。話を聞いてくれてありがとう。なかなか人に話せることじゃなかったから、すごくスッキリしたわ。また来てくださいね」

帰り際には、恵美はまた快活な笑顔を見せていた。

円香はオフィスを出て通路を歩きながら、楓の言葉を思い出す。

——母と早く死別してしまったので、思い出が少ないんです。でも、一つだけ鮮明に覚えていることがあるんです。僕も五つの頃、亜美ちゃんと同じように一人で遊びに出かけて、家に帰るのが遅くなったことがあるんです。いつまでも帰らない僕を母が必死で捜しにきて、僕の姿を見るなり泣きながら駆け寄ってきて、『お願いだから心配かけさせないで』と言って、抱き締めてくれたんです。さっき亜美ちゃんを窘《たしな》める姿を見て、その時のことをなんだか思い出しました。

そう言って、懐かしいような切ないような表情を浮かべていた。

母親を亡くしてしまったせいで、『家族』への思いや憧れがとても強いのかもしれない。だから今の家族を守るために、素敵な家庭を自分で築くために、継母である恵美さんと少しでも多くコミュニケーションをとろうと心掛けてきたんだ。

そして自ら命を絶ってしまったお母さんのような弱い人を救いたくて、弁護士になろうと思ったんだ。

歩きながら目に涙が浮んでいるのに気付き、円香は慌てて目頭を押さえた。

その時、「ママ!」と亜美の声が耳に届いた。

顔を上げると、亜美が大きく手を振っている。

円香はそんな亜美の許に向かい、ギュッと抱き寄せる。

「亜美！」

「なんだか、感動の再会みたいだな」

と、和馬が愉しげに笑いながら、隣に寄り添ってきた。

これまでのぎくしゃくが嘘のように幸せで、円香の胸が熱くなる。

ふと、視線を感じて顔を向けると、それに反応したかのように、女性が踵を返したのが分かった。

見たことがあるような気がしたが、遠目だったのと、すぐに姿を消してしまったので、思い出すことができない。

「どうかしたか？」

和馬に問われて、円香は、なんでもない、と首を振る。

「それじゃあ、どこかで夕食を食べようか」

亜美が、わあい、と諸手を上げる。

視線の主が美華だったことに、円香は気付いていなかった。

## 3

楽しい連休の初日だった。

ショッピングモールを散策して、レストランで夕食を摂り、和馬と亜美は久々に一緒に入浴した。ただそれだけのことでも、円香にとっては幸せで、これまでのわだかまりが小さくなった気がしていた。

亜美を寝かしつけたあと、円香がリビングに戻ると、和馬はソファーに座ってテレビを観ていた。テーブルの上にはビールの缶が置いてある。

「新しいビール出す？」

「ああ、そうだな。コップ持って来いよ。おまえもたまには飲めよ」

和馬はビールを手にそう声を上げた。

「私も？　そんなに強くないから、すぐ、フラフラになっちゃうよ」

「たまにはいいだろ」

それじゃあ、と円香はコップと新しい缶ビールをテーブルに置き、クッションの上にちょこんと座る。

和馬はコップにビールを注ぎ、簡単に乾杯した。

円香はビールを一口飲み、「久しぶりに飲んだ。美味しい」と目を細める。

「こうして、二人で飲むのも久しぶりだな」

うん、と円香が頷くと、和馬はそっとソファーの場所を空けた。

「……隣に座れよ」

円香は、えっ？　と戸惑うも、ああ、と頷き、そっと和馬の隣に腰を下ろす。

ビールのせいか頬が熱い。和馬の隣に座り、気恥ずかしさを感じながら、円香はコップに目を落とした。

そんな円香の姿を眺めながら、和馬はフッと笑う。

「排卵日は終わったのか？」

「たぶん……」

「そうか、今月は俺のせいで逃したな」

少し申し訳なさそうに言う和馬に、円香は首を振った。

「子どもは授かりものだから……」

静かに言うと、和馬は円香の肩を抱き寄せ、唇を合わせてきた。

今やこんなふうにキスをすることなどない。円香は驚きから、目を見開いた。

和馬は何も言わずに、そのまま円香の体をソファーに押し倒した。

「ま、待って、シャワー浴びてくる……」

戸惑いながらそう言うと、和馬は小さく笑う。

「そのままでいいよ、ワンピースにメイク。おまえ、ちゃんとしたらやっぱりそれなりに見えるよな」

と、和馬は少し嬉しそうに言う。

その言葉に、自分がいかに普段、気の抜けた格好ばかりを見せてきたかに気付き、反省の念が浮かんだ。

服を脱がす和馬に、円香は妙に恥ずかしい気分を拭えなかった。

今まで子作りのための義務行為だった。

そうじゃない感じが久しぶりでむず痒く、それでいて自分に向けた和馬の熱い視線に、出会った頃を思い出し、幸せな気持ちになる。

『早乙女さんって、いつも手作りのお弁当で、えらいよな』

働いていた頃、和馬は何かにつけ話し掛けてきていた。外にランチを食べに行く事務員が多いなか、円香はいつもお弁当を作ってきていた。

正社員と違い給料も少なくボーナスもない。外食する余裕はなかった。

『ただの節約なんですよ』
『やっぱりえらいよ。それに美味しそうだ。料理は得意なのかい？』
『そうですね、そんなことしか能がなくて』
『いやぁ、料理ができるって良いことだよ』
『ありがとうございます、でも、褒めても何も出ませんよ』
『何も出ないのか、残念。お弁当を狙ってたのにな』
『それじゃあ、今度、お弁当、作ってきましょうか？』
『え……いいのかな』
最初はそんな、やり取りだった。
円香が約束通りお弁当を作って渡したら、和馬は大袈裟に喜んだ。
『お礼に、食事でも』
交際は、そうして始まった。
落ち着いた大人の雰囲気を持ち、仕事ができる和馬は社内でも人気があった。
そんな彼が、言葉一つで照れたり喜んだりする姿が、円香は可愛く感じられた。
あの頃の和馬は、とにかく真っ直ぐに自分に熱い視線を注いでくれていたんだ。
円香は昔を思い出しつつ、今自分を欲する和馬を見て、胸が熱くなるような気がした。

彼に対する想いも熱くなる。今までのわだかまりが嘘のよう。

結局、女は単純だ。抱かれたいだけ、というわけじゃない。

でも、こうして求めてもらいたかっただけなのかもしれない。子作りのためではなく女として見てほしくて、それがなくて心のどこかでいじけていたんだ。

円香は今までの自分の不満の根底にあるものに気付き、和馬の腕の中で苦笑した。

4

翌日の午後。

円香がキッチンで食器を洗っていると、テーブルの上に置きっぱなしになっていた和馬のスマホがぶるると振動した。

和馬は、会社からか？　と独り言のように言って、スマホを手にそそくさとリビングを出て行く。

ややあって、再びリビングに顔を出し、

「会社から連絡が入ったから、ちょっと行くよ」

少し慌てたように言う。

「あっ、はい、いってらっしゃい」

そのまま、ばたばたと和馬は家を出て行き、円香はそっと首を傾げた。

「なにかトラブルがあったのかな？」

「パパ、今日、お休みなのにお仕事なの？」

「そう、お仕事になっちゃったみたい。じゃあ亜美、ママと公園に行こうか」

「うん、行く行く！」

元気に玄関に走る亜美の手を取り、そのまま近所の公園へと向かった。

いつもは賑やかな公園も、今日ばかりはひと気が少ない。

ここは、住宅地にあるごく普通の公園だ。

連休中だから家族で出かけているんだろう。

円香はベンチに腰を下ろして、亜美がすべり台で遊ぶ様子を眺める。

ふと、スマホを見ると、メッセージが届いていた。

取り出して確認する。楓からだった。

『こんにちは。昨日は母のところへ差し入れを持って訪ねてくれたそうで、ありがとうございました。連休はいかがお過ごしですか？　僕は部活動中です』

その文面に、円香は頬が緩む。

『たまたま駅前に遊びに行ったので寄ってみました。明るくて素敵なお母様だね。私はいつものように亜美と公園です。部活動、がんばってね』

送信すると、『ありがとうございます』と返事が届く。

『推し』とメッセージやりとりができるって、なんて贅沢なんだろう。

円香がスマホを胸に抱いた。

その後もしばらくの間、公園で亜美を遊ばせ、そろそろかな、と円香は立ち上がる。

「亜美、もう帰ろうか」

ジャングルジムにのぼっていた亜美は、「いやぁ、まだ帰らない」と頬を膨らませた。

「それじゃあ、もう少しね」

円香は、やれやれ、と息をつき、ベンチに腰を下ろす。

亜美は親を巻き込まずにマイペースに遊ぶタイプの子どもだ。見守っているだけで良いので、楽な方ではあるが、意外と疲れもする。

奔放に遊ぶ亜美をぼんやり眺めていると、男子高校生が公園に入ってくる姿を目の端で捕らえた。もしかして、と顔を向けると楓だった。わっ、と円香は口に手を当てる。

楓は亜美のいるジャングルジムまで歩み寄り、「亜美ちゃん、こんにちは」と挨拶をしてから、円香に視線を移して、会釈をした。

「こんにちは、円香さん。母にいただいたフィナンシェ、美味しかったです」

そう言う楓に、円香は目を開いたあと、ぷっと笑う。

「前から思ってたけど、楓くん、高校生のくせに律儀すぎるよ」

「よく言われます」

楓は屈託のない笑みを見せ、隣いいですか？　とベンチに視線を落とした。

「も、もちろん」

円香はそそくさと場所を空ける。楓が隣に座るなり、円香は動揺を隠すように、口を開いた。

「楓くん、部活は？」

「行き詰まったんで解散しました。帰り道、まだ公園にいるかなと思って」

「行き詰まるって、論文に？」

「それもそうですし、弁論なので発表が肝なんですが、うちの部員は揃いも揃ってあがり症ばかりなんです。発表の場になると、いつも舞い上がって上手くスピーチできなかったり、声が聞こえないほど小声になったり。結局、それが原因で、いつも落選なんですよ。それで今日は発表の練習をしていたんですけど、練習の時点で既に駄目になってて……。論文の内容以前の問題なんですよ」

楓は、やれやれと肩をすぼめた。

「もしかして、楓くんが部長さんなの?」

「いえ、違いますよ、僕はまだ二年生だし」

「そうなんだ、部長みたいな口ぶりだったから」

「実は部長が一番のあがり症なんです。だから必然的にしっかりしてしまって。部が発足されてから、一度も勝ったことがないんですよ。一勝くらいはしたいなぁ」

楓は、ふぅと息をついた。

「えっ? まだ、一度も?」

円香が露骨に驚くと、楓はブスッとしながら「はい」と頷いた。

「今度は僕も発表しますし、一勝は必ずしてみせますよ」

円香は、思わず笑う。

「ごめんなさい、勝てないのを笑ったんじゃなくて、いつも大人みたいに悟ってる楓くんが子どもみたいな顔を見せてくれたから、なんだか嬉しくて、つい」

「そんなに大人びてますか?」

「大人びてるというか、どこか悟ってるって言うのか……」

「悟ってるかぁ……」

楓はぽつりと洩らして、自嘲気味な笑みを浮かべた。

少し寂しげな横顔に、円香の胸がちくりと痛む。

その時、ジャングルジムの上にいた亜美が「見て、亜美、お山の上にいるみたいだよ」と声を上げた。

「すごいね、亜美」

「でも気をつけて」

円香と楓が声を掛けると、「はーい」と亜美は屈託なく笑った。

楓は亜美を見たまま、頬を緩ませる。

「――亜美ちゃんって、天真爛漫を絵に描いたような子ですね」

「そうなの、マイペースすぎて、時々困るくらい」

「でも、お母さんの愛情を一身に受けて育ってるのが伝わってきます」

そうかな、と円香は気恥ずかしさに目を伏せた。

「今、子どもの不幸なニュースが多いなか、亜美ちゃんは幸せですね。円香さんみたいなお母さんの元に生まれてくることができて」

「そんなことないよ。私だってヒステリー起こしちゃう時もあるし、理不尽なことで怒って、後で後悔することもしょっちゅうだし」

気恥ずかしさから早口で言うと、楓はふふっと笑う。

「それはもちろん。人間いつでも聖人君子じゃいられないのは、当たり前ですよ」

また、そんな悟ったことを言う、と円香は心の中でつぶやいて、肩をすくめる。

ちらりと楓を見ると、今も亜美を見詰めていた。

優しい微笑を浮かべているものの、今もどこか寂しさが漂っていた。

亜美を見て、自分の幼い頃のことを思い出しているんだろうか？

「そういえば、弁論大会は、いつなの？」

円香はあえて明るい口調で、話題を変えた。

「地区予選は七月上旬です」

「地区予選なんてあるんだ、本格的だね」

「そうなんですよ、本格的なんです」

「なんだか、私には未知の世界だな。一回観てみたい」

「じゃあ、観に来てくださいよ。観戦に来る人もいるんですよ」

「そうなんだ、でも一回戦敗退する姿をみるのもあれだから、地区予選通って全国大会の時に観に行こうかな」

「望むところですよ。これは地区予選、意地でも通過しないと」

楓は、円香をまっすぐに見て拳を握る。しっかりと視線が合った。

肌のきめ細かさや、睫毛の長さまでも分かり、胸がキュッと締め付けられる。

これが、『推しが尊《とうと》い』という感情だろうか？

「楓くんって……」

尊いね、そう言おうとして、言葉を飲み込んだ。

「ピアノ、習いたかったの？」

咄嗟に思いついた質問をぶつけると、楓は小さく笑う。

「そうなんです。ピアノっていいなぁ、と憧れてはいたんですけど、習おうとまで思いませんでしたね。塾にも行かせてもらってたし」

『行かせてもらってる』

よくある言葉でも、楓が言うと切なさを感じた。

やはり、習いたいのに遠慮していたのだろうか？

「どうしてですか？」

「なんとなく。この前、とても楽しそうだったから」

「楽しかったです。学校のピアノを使って『これ、弾けるんだぞ』って自慢したら、自慢できるほどの腕じゃないだろって友達に笑われました」

楽しそうにそう言った楓に、円香も思わず笑った。

「そうだ、インチキ先生の私でよければ、いつでも教えてあげるよ」

「そんな……バイトもしてないんで、月謝払えないですよ」

「月謝なんてインチキ先生なのにもらえないよ。まぁ、もちろんもし良かったらなんだけど。思えば部活に塾に大変なのに、その上、ピアノまで手が回らないわよね」

「……円香さんは、何か習いたいこととかはあるんですか？」

唐突な質問に円香は、えっと、と空を仰ぐ。

「英会話とかかな……」

「それじゃあ、こうしましょうか」

「えっ？」

「僕、英語の成績はそこそこなんです。僕が円香さんに英語を教えるので、円香さんは僕にピアノを教えてもらえませんか？」

楓からの思いもしない提案に、円香は驚きつつも目を輝かせた。

「あ…それ、すごくいいかも」

「お互いインチキ先生ってことで」

「私はインチキ先生だけど、楓くんはあの名門私立高校の生徒さんじゃない。そこでなかなかの成績なら、全国トップクラスよ」

「英会話と違って受験英語になりますけど、単語とか文法なら教えられるので。僕も勉強の復習になるし」

「嬉しい、じゃあ、いつから始めようか」

「僕、水曜、塾なんですけど、始まるのが七時からなんです。教室がここの駅前で、学校が終わってから塾までの時間この辺りで時間を潰すのが大変なんですよ。その時間を有効に使えたら僕としては嬉しいです」

「それじゃあ、水曜日に学校が終わってからにしましょうか。部活は大丈夫なの？」

「水曜は休みなんです。では、次の水曜から大丈夫ですか？」

「うん、大丈夫」

「楽しみですね」

楓はにこりと微笑む。

そんな楓の笑顔に、円香の心臓は強く音を立てる。

円香は気を引き締めるように、「そうそう」と人差し指を立てた。

「インチキとはいえ習い事になるわけだし、このレッスンを始める前に、お互いキチンと家族の了承を得ることにしましょう。楓くんはお母さんの、私は夫の。それでOKだったら本当に始めるということに」

「分かりました」

楓は白い歯を見せて、うなずいた。

ジャングルジムにいた亜美が、「楓ちゃーん」と大きな声で呼びかける。楓は笑顔のまま、亜美のいるジャングルジムへと向かった。

楓が自分の側から離れたことで、円香は大きく深呼吸した。

知らずに呼吸を抑制していたかのようだ。

楓にピアノを教えてあげたいという言葉は、習いたいのに遠慮して我慢してきたんじゃないかと思った瞬間、つい口をついて出ていた。

それが、こんなことになって、急にドキドキしてしまう自分に戸惑っている。

夫である和馬をもちろん、愛している。

しかしこの推しへの感情は、それとは異なったものだ。

決して踏み込むことはできないけど、ドキドキする。

さやかの言葉を思い出し、円香はぽつりと洩らす。

「推しが生きる支えになるって、少し分かるなぁ……」

# 第四章　ねじれる心

## 1

和馬を電話で呼び出した美華はいつものカフェで和馬を待っていた。

メイクは、ほとんど落ちていて、泣き腫らした目を和馬に向けた。

美華は偶然、家族で出かけている和馬の姿を見掛けたそうだ。

これまでは平静でいられたというのに、感情が抑えきれなくなったという。

「私、ずっと和馬さんの言葉を信じてた。冷めきった夫婦だって。だけど、実際はすごく優しそうな顔をしてた。本当に幸せそうな家族だった」

和馬は、弱ったように目を伏せる。

「想像しているのと、目の当たりにするのって、本当にまるで違っていて……あの様子を見たら、なんだか耐えられなくなって……」

美華は、うっと嗚咽を洩らす。

「とりあえず落ち着けよ。美華らしくない」

「私らしいってなに？　もの分かりのいい、都合のいい女ってこと？」

噛み付くようにそう言った美華に、和馬はグッと息を呑む。

その様子から、彼女がこれまで『後腐れのないイイ女』を必死に演じてきたのが伝わってきた。

周囲の視線が集まっているのを感じ、和馬は腰を上げる。

「……二人きりになれるところに行こう」

美華はそっとうなずいて、おもむろに立ち上がった。

その後、美華をなだめ、家に戻った和馬は、疲れた、とソファーに身を委ねる。

キッチンで夕食の支度をする円香の姿、その周りで邪魔するかのようにじゃれつく亜美の様子を見て、胸が詰まる。

「あ、そうだ。あのね」

と、円香は思い出したように顔を上げた。

円香は、亜美が世話になったことで、広瀬楓という高校生と交流を持つようになり、話の流れから自分はピアノを教え、そして相手から英語を学ぶという相互学習をしましょうということになったと報告する。

だが、気もそぞろな和馬の耳には、円香の話の内容がちゃんと入ってこなかった。

「で、そうしても良いかな？」

そう聞かれて、和馬は我に返って顔を上げ、「まぁ、家事や家計に支障がないなら、いいんじゃないか」と適当に答えた。

「うん、それは約束する」

円香は嬉しそうに笑みを浮かべ、再び夕食の支度を続けた。

そんな円香の姿を見ながら、ふと美華の姿が頭を過り、和馬は小さく息をついた。

暴走した美華に家庭を壊されるかもしれない。

そう思ったときに、背筋に悪寒が走った。

美華に恋をしていた。だが、それはあくまで遊びだったのだ。

円香にはもう感じることができなくなった、女の魅力を美華に求めていた。

だからと言って、今の家庭を壊す気など微塵もなかったのだ。

あんなふうになってしまった以上、もう関係を続けるのは難しいだろう。

少しずつ美華と距離を取っていかなくてはならない。

和馬は言い様のない胸騒ぎにギュッと目を閉じた。

## 2

楓が自宅のあるマンションの敷地内に足を踏み入れると、同じマンションに住む主婦たちが井戸端会議を開いている姿が目に入った。

こんばんは、と楓が挨拶をすると、主婦たちは満面の笑みで、楓の元に歩み寄る。

「あら、楓くん、お帰りなさい」

「ただいまです。先日はうちの弟がお邪魔したそうで、お世話になりました」

そう言って会釈をすると、彼女はアハハと笑った。

「いいのよ、そんな。それにしても本当にしっかりした息子さんね、広瀬さんの奥さんが羨ましいわ」

その言葉をきっかけに主婦たちは、うんうん、と頷き、

「有名進学校の生徒さんで、東大も夢じゃないのよね」

「末は博士か大臣かって感じなのよね？」

「楓くんはなんでもなれそうね」

と、声を揃えて囃《はや》し立てる。

そんな彼女たちを前に楓は弱ったように微笑む。

「そんなに過大評価されると受験に失敗した時、僕は外に出られなくなってしまいますよ。それでは、失礼しますね」

そう言って、再び会釈をして、マンションのエントランスに入っていった。

「広瀬さんのところの自慢の息子さん」

「才色兼備とはあのことね」

背中に賛美の声が届き、『才色兼備』は男に使う言葉じゃないんだけどな、と楓は苦笑して、エレベータに乗り込む。

自宅のドアを開けると同時に「兄ちゃん、お帰りっ！」と弟、薫《かおる》の甲高い声が響く。

玄関まで駆け寄り足にしがみつく幼い弟の無邪気な姿に、「ただいま、薫」と楓は目尻を下げて、その小さな頭を撫でた。

リビングに入ると、対面キッチンで恵美が夕食の支度をしている姿が目に入った。

「お母さん、ただいま」

「あら、お帰りなさい。部活はどうだった？」

と恵美は調理をしつつ、顔を上げて楓に笑みを見せる。

「今日は発表の練習したんだけど、相変わらず部長がしどろもどろで前途多難。結局二年生がメインになりそうな流れかな」

「本当に頼りない部長ねぇ」

恵美は少し楽しそうに笑う。

楓がソファーに座ると、「抱っこ」と薫がまとわりつくように膝の上に乗った。

「こらっ、薫。お兄ちゃん、疲れてるんだから、そんなにくっつかないの」

恵美は、首を伸ばしてたしなめる。

「疲れてないから、大丈夫だよ」

「うんっ、疲れてないっ」

楓は頬を緩ませながら、薫の頭を撫でる。

自分は元々、子ども好きなのだろうな、と薫の頭を撫でながら、なんとなくそう思っていると、恵美が、そうそう、とキッチンから声を上げた。

「今度の金曜、会社の飲み会があって出欠の返事をしなきゃいけないんだけど、楓は何か予定があった?」

その問いに、一瞬言葉が詰まる。

金曜の夜は友人に誘われていた。しかし、まだ返事はしていないし断ればいい。

「大丈夫、予定は何もないから、行っておいでよ。薫の面倒見てるから」

「良かった、よろしくね」

恵美は嬉しそうに笑みを見せた。

自分にとって、恵美は絶対的存在だった。

血のつながりがないのに、こんなにも優しくしてくれている。働きながら、自分を名門私立高校に行かせてくれている。

いつも、何かの形で恩を返していかなければならないと思っていた。

そして、期待に添えるような自分でなければならないと感じていた。

成績も、生活態度も、全てにおいて。

そんな楓は、常に自分のことよりも、恵美の用事を優先するようにしていた。

日常生活においても、なるべく恵美とコミュニケーションを取るよう心掛け、一日の出来事を報告するようにしていた。

学校での友人関係、今の学力状態、部活での様子、塾の講師のこと——。

楓は、思い出したように顔を上げた。

円香に、母の了承を得るよう言われていたのだ。

「お母さん、今日また公園で円香さんと亜美ちゃんに会ったよ。フィナンシェのお礼を言ったら『律儀すぎる』って笑われた」

「本当よ、楓は気を遣いすぎるのよ」

「それで、話の流れで円香さんが、僕にピアノを教えてあげるって言ってきてくれて」

「あら、良かったじゃない、楓、本当はピアノに興味があったんでしょう?」

「うん、でも、ただ教えてもらうのも気が咎めて、円香さんが英語を習いたいと思っているって話をしてたから、僕が英語を教えて円香さんが僕にピアノを教えてくれることになったんだ。どう思う?」

「いいじゃない。楓にとっても勉強の復習にもなるだろうし。でも、小さな亜美ちゃんがいるんだったら、勉強にならないんじゃないの?」

「それで、薫の英語教材のDVDを亜美ちゃんに観せてあげようと思ったんだ、借りてもいいかな」

恵美は、なるほどねぇ、と感心したように頷いた。

「それは、いい考えね。あれは勉強になるうえ、子どもは夢中になって観るものね。もちろん、いいわよ。薫はもう飽きちゃったみたいだし」

「ありがとう。じゃあ、部屋で勉強するから夕食の時間になったら知らせてくれるかな」

恵美は「了解」と手を上げた。

薫は『勉強』という言葉を聞き、そそくさと楓の膝から下りた。常日頃、両親に『お兄ちゃんの勉強の邪魔だけはしたら駄目』と厳しく注意をされているためだ。

そんな姿からも、いかに自分が期待されているか、うかがい知ることができた。

楓は自分の部屋に入るなり、ふぅ、と息をつく。

優しい両親に、可愛い弟、幸せな家庭だった。

それでも部屋で一人になると、ホッとする自分がいた。

制服を脱ぎ、簡単な部屋着に着替えて机に向かい、参考書を開く。

小学校の頃から成績が良く、大袈裟に喜ぶ両親の姿に、決して成績を落とせないというプレッシャーを感じていた。

自分の成績が優秀であれば、両親は少なからず幸せなのだ、とも思っていた。

しかし、勉強が苦痛だったわけではない。むしろ好きな方だ。

勉強をしている時間は、我を忘れることができる。『勉強が好き』と言うと嫌味に捉えられそうなので他言はしていないが、余計なことを考えずに済むもの、という意味でだ。

幼い頃からクロスワードや図形パズルが好きで、それがドリルとなり、勉強と移行していったので、勉強は頭脳ゲームに近い感覚を持っていた。

勉強を始めて小一時間経った頃、玄関から「ただいま」という父の声と、「パパ、お帰り！」という薫の甲高い声が聞こえてきた。

ああ、父さんが帰ってきたのか。もうすぐ夕食の時間だ。

楓は勉強の手を止め、体を伸ばす。

父、か。

真面目で実直な父。

母の自殺が判明した時、泣き崩れた父。

そして自分を持て余した父……。

決して忘れられないのは、あの夜の父の言葉。

楓は当時を振り返り、目を細める。

そう、あれは八歳の頃。

蒸し暑い、寝苦しい夏の夜だった。

トイレに起きて、ついでに水を飲もうとリビングに足を踏み入れたときに誰かと話す父の声が聞こえて来た。

お父さん、こんな遅い時間に電話してるんだ。

寝ぼけながらそんなことを思っていると、次の瞬間、信じられない言葉が耳に飛び込んできた。

『母さん、楓を引き取ってくれないか』

言い難そうに、それでも強い口調でそう告げた父。

電話の相手が田舎に住む祖母であることは、すぐに分かった。

思いもしない言葉に、自分の体は凍りついたように動かなかった。

『ああ、母さんが驚くのも無理はないと思うけど、実は俺、再婚しようと思うんだ。相手の女性が子どもと上手くやっていけるのか、不安だって話してて……俺自身も継母と子の間が上手く行かないことってよくある話だと思うし、それなら母さんが楓を引き取ってもらえないかと思って……養育費は払うし、できるだけのことはしたいと思っている』

必死で祖母を説得する父の姿をただ呆然と眺めていた。

そんな自分の視線を感じた父はそっと振り返り、慌てて電話を切った。

弱ったように頭をかいて、こう言った。

『新しいお母さんと、お前が上手くいけば、なんの問題もないんだよ』

そのまま父は寝室へ引き上げていった。

リビングに一人残った自分は、ただその場に立ち尽くしていた。

——捨てられるんだ。そう思った。

手が小刻みに震えて、目の前が真っ暗になる。

目の端に涙が浮かぶのを感じながらも、自分がどうすれば良いのか考えていた。

そう、自分が捨てられないために、どうすれば良いのかを……。

考えた結果、新しい母になるであろう、父の恋人の職場に一人で向かった。

『どうか、僕のお母さんになってください』と言って頭を下げたのだ。

その時の彼女の顔は、きっと一生忘れられないだろう。驚いたように目を見開き、その後、目に涙を浮かべて、『もちろんよ』と優しく抱き締めてくれた。

自分は本当に救われたと思った。今でも、感謝している。

だが、この人と上手くやっていかなければならない、という強迫観念にも似た気持ちが、その日から植え付けられてしまった。

そして、自分はそれまでの自分を消した。少しわがままで天真爛漫で愛らしい、それはとても『子どもらしい子ども』だった自分を殺してしまった。

今ではとても信じられないけれど、かつての自分は亜美のような子どもだったのだ。

そう思い、楓は苦笑し、円香のことを思い浮かべた。

涙を流し、窘めながら強く亜美を抱き締める円香の姿を……。

あの時、円香の姿を横で見ていて、なぜか胸が苦しくなった。

「楓、ご飯よー」

廊下から響いてきた恵美の声に、楓は「はい」と返し、リビングへ向かった。

3

連休を終え、和馬はそわそわした様子でオフィスに足を踏み入れた。

すでに出社し、自身のデスクについていた美華は、そっと和馬に視線を送る。

和馬は強張った表情で美華の方を向いた。

視線が合うなり、美華はにこりと微笑む。

和馬はホッとして、デスクについていた。

『今日、会えるかな？』

すぐに美華からメッセージが届き、和馬は頬が引きつるのを感じながら、『ああ』と返事をした。

その日、仕事を終え、いつものようにカフェで会った。

「あの日はごめんなさい」

席につくなり開口一番で言った美華に、和馬は拍子抜けしたように目を見開く。

「なんだか、急にナーバスになっちゃって。体のバイオリズムのせいで、ちょっと変だったの。本当にごめんなさい」

「そうか……、いや、いいんだ」

和馬は安堵の息をついた。

そんな彼の姿に、美華はピクリと顔を引きつらせる。

「どうしたんだい？」

黙り込む美華の姿に、和馬は戸惑ったように訊ねる。

「ううん。ねえ、私たち、これまで通りの関係でいたい。実を言うと面白くなかっただけで、結婚したいなんて思っていないんだ。駄目かな」

そう言って哀願するような目を見せた美華に、和馬は驚き顔を上げた。

「えっ？　……いいのか？」

美華から別れを突き付けられる覚悟もしていたのだ。

「うん、一回吐き出して、冷静になったら、急に馬鹿馬鹿しくなっちゃって」

「そうか……そんなものかもしれないな」

ははっ、と嬉しそうに和馬は笑みを浮かべる。

そんなものよね、と美華も微笑みを返した。

4

最近の自分は楽しみがたくさんできた。

これまでは、毎朝、楓とすれ違うことがささやかな楽しみだった。

これからは、楓にピアノを教え、英語を習うのだ。

今日はその待ちに待った水曜日だ。

円香はいつも以上に念入りに部屋の掃除をした。

せっせと掃除機をかけ、ふと手を止めて、部屋を見回す。

それにしても、和馬があんなにあっさり許してくれるとは思わなかった。

反対されたら、やめようと思っていたのだ。

良かった、と円香は心の中でつぶやいて、ブロックで遊んでいる亜美を見る。

「亜美、今日はね、楓くんがママに英語を教えに来てくれるの。そして、ママが楓くんにピアノを教えてあげるの。亜美はちゃんといい子にしていられるかな?」

「うんっ、亜美もエイゴ教えてもらいたい」

「そうだね、教えてもらいたいね」

「亜美、エイゴ知ってるよ、ハローとかでしょう?」

「そうだよ、亜美すごいねぇ」

時計の針が四時を過ぎた頃、『ピンポーン』とインターホンが鳴った。

円香の鼓動がどきんと跳ねる。

亜美が「はーい」と玄関に走り、円香はインターホンを確認した。

画面の向こうに見える楓の姿に円香はどぎまぎしながら、「今、開けますね」と言って、玄関に向かった。

少しの緊張を感じながら、扉を開ける。

楓は、こんにちは、と会釈をした。

スラリと高い背に、整った端正な顔立ち、口元に浮かべる柔らかな笑みからは優しさが感じられた。

円香の隣では、亜美が飛び跳ねている。

「わあい、楓ちゃん、いらっしゃい!」

「こんにちは、亜美ちゃん」

と、亜美の頭を撫でる。その姿を前に眩しさを感じていると、

「円香さん、今日は、ピアノを教わるのを楽しみにしていました。どうぞよろしくお願い

いたします」

深く頭を下げた楓を前に、円香の気持ちも引き締まる気がした。

どんなにインチキでも、今日の自分はピアノ講師。そして彼は英語の家庭教師だ。

「こちらこそ、よろしくお願いします」

円香も同じように頭を下げ、リビングへと移動した。

「まず、ピアノから始めた方がいいかな？　それとも、英語から教わろうかな」

すると亜美が「エイゴ、エイゴしよう」と騒ぐ。

「それじゃあ、英語から始めましょうか」

楓はバッグの中から、本とＤＶＤを取り出した。

「このＤＶＤ、亜美ちゃんに観せたくて母にお願いして借りてきたんです。つい最近まで、うちの弟が観ていたものなんですけど」

円香はそのＤＶＤのパッケージを見て、あっ、と声を上げた。

「それ、耳を育ててくれるって言う、すごく有名な子ども英語教材よね。ずっと気になってて、欲しいと思うんだけど、値段が高すぎて踏ん切りつかなくて」

「うちの母も『清水の舞台から飛び降りるつもりで買った』なんて言ってました。それなのに、弟はすぐに飽きてしまって」

それは残念、と円香は苦笑する。

楓は亜美を見て「亜美ちゃん、アニメ観る?」と訊ねると、「うん、観る観る!」と亜美は諸手を上げた。

「良かった。それじゃあ、これお願いします」

と、楓はDVDを円香に手渡した。

「亜美、良かったね、アニメ大好きだから夢中になったら、私の声も聞こえなくなるくらいで」

円香はDVDをデッキにセットした。

やがて始まった英語教材アニメに、亜美はすぐにのめり込み、声もなく観入る。

「円香さんにはこれを」

楓は分厚い英語の本をテーブルの上に置いた。

これは? と円香はその本を手に取る。表紙を確認し、わあ、と洩らした。

「これ、有名なアメリカ人作家の小説の新作だよね?」

「はい、翻訳に時間がかかるから、日本では来年あたりに発売されると思うんですけど、この本なら面白いですし、僕も買ったものの、まだ読んでなかったので、二人で翻訳しながら読めたらいいなぁと思いまして」

「嬉しい、これなら楽しく勉強できるかも」

感激の声を上げた円香に、良かった、と楓は目を弓なりに細める。

「それでは始めますか。亜美ちゃんのＤＶＤが一時間くらいで終わると思うんで、その時間、勉強しましょう」

楓は辞書とノートとペンを出す。

円香は茶菓子を出して、ノートを開き、二人で頭を突き合わせて、翻訳を始めた。

久々に触れる英語に目を白黒させながらも、楓が優しく丁寧に教えてくれるので、楽しく勉強することができた。

「序章からドキドキな展開。怖いくらい。どうなっちゃうんだろう」

「でもほら、次の文で少し救いがありますよ」

そんな話をしていると亜美が「ママ、終わったよー」と振り返る。

円香と楓が我に返ったように顔を上げた。

「もう一時間経ったんだ。まだ、序章なのに」

「でも、いいペースですよ」

「すごく楽しかった。この私が英語を読んで楽しいと思えるなんて、楓くんのお陰、ありがとう」

いえいえ、と楓は首を振る。

「まだ教える域には達してませんよ」

「次は私の番ね。ピアノの前に座って」

円香はグランドピアノの前に立ち、楓は椅子に腰を下ろした。

すでに楽譜は置いてある。これは、円香が作成したものだった。

「私はインチキ先生だから、基礎練習を交えつつ、いきなり好きな曲を教えてあげようと思って。『パッヘルベルのカノン』をマスターしようね」

「好きな曲から始められるなんて、楽しくていいですね」

「でしょう？　楽譜もビギナーズ用にアレンジしてみたの。それじゃあまず右手からね、その後、左手だけで弾きます」

円香はまず見本で弾き、「はい、こんな感じで。指の配置は、こう」と教える。

「あ、はい、じゃあ、弾いてみます」

楓はつっかえながらもピアノを弾き始めた。

亜美は横で「楓ちゃん、がんばれ」と拳を握って応援する。

一時間程ピアノの練習をした後、円香は、うん、と頷いた。

「いい感じ。さて、そろそろ終わらないと塾の時間に間に合わなくなるわね」

その言葉に楓は我に返ったように時計に目を向けた。

「あっ、本当ですね。もうこんな時間。楽しい時間はアッと言う間ですね」

楽しいと思ってくれたんだ、良かった。

「来週の水曜も大丈夫？」

「はい。この小説はここに置かせてもらっていいですか？」

「もちろん」

「時間があれば、今日翻訳したところをまた読み返してみてください。でも、続きは読まないでくださいね」

「そうだね、続きは一緒に読もうね」

楓は帰り支度をし、円香を見てペコリと頭を下げた。

「それでは、お茶菓子ごちそうさまでした」

「楓ちゃん、バイバイ」

「お勉強、がんばってね」

「ありがとうございます。バイバイ、亜美ちゃん」

楓の姿がなくなり、円香は大きく深呼吸をする。胸の内側に熱いものが残るのを感じながら、キッチンに入って夕食の支度を始めた。

楓をいざ招き入れるとなった時、一瞬、戸惑いを感じた。それを彼は察知したのだろう、だからああして、頭を下げたのだ。すごいな、と円香は洩らす。

彼に英語を教えてもらうのは嬉しかった。

けれど正直、自分の頭の悪さを知られることが怖かった。だけど、彼は決して呆れたりすることなく、優しく丁寧に教えてくれた。

本当にすごい、と顔が綻ぶ。

まだ、十七歳の少年なのだ。きっとこれからも背は伸びて、体付きも更にしっかりしてくるだろう。その優しさも思いやりもより深くなり、端正な顔立ちと目を引くルックスは大人の魅力を加えてくるだろう。

そうなった時、きっと彼は誰よりも素敵になる。

この成長を見守れるのは、期間限定のことだ。

少しでも何か力になれたら、と円香は心から思い、熱い息をついた。

## 5

レッスンを続けて数週間が経過した頃には、二人は互いに緊張することも意識しすぎるともなく、ごく自然に会話ができるようになって来ていた。

「この、新しいキャラクターの愛称が『アップルポリッシュ』ってどういうこと？」

円香は文章を確認し、辞書を片手に訳しながら小首を傾げた。

「『アップルポリッシュ』って、こっちの言葉に置き換えると『ゴマすり』の意味があるんです。このキャラクターは目上の人にとにかくゴマをするから、その愛称でそう呼ばれてるっていうことなんですよ」

「そっか、リンゴを磨くにゴマをする。動作としては似てるね」

「そういうのは、世界共通なんですね」

二人は顔を見合わせ、ふふっと笑った。

「もう半分まで訳せたね。この私が英文を訳して本を読むなんて考えられなかったけど、本当に楓くんのお陰」

「それはお互い様ですよ。僕もつっかえながらも、ようやく両手で弾けるようになってきたし」

「インチキ先生同士っていうのも楽しいね」

楓は「本当ですね」と柔らかく目を細めた。

「そういえば、部活の方はどう？　大会に向けてがんばってるの？」

「はい、結局、先輩のあがり症はどうにもならないから、僕がメインで発表することになったんです」

「楓くんがメインで発表するなら、ますます観に行きたいなぁ」

「心配しなくても地区予選通りますから、全国大会観に来てください」

「あっ、意外に自信たっぷりなんだ」

「自信あるんですよ。部員が総力をあげて作った論文は最高なんです。でも、それが聞こえないくらいボソボソ発表してきたのがネックで」

「楓くんは大勢の前で発表するのは平気なの？」

「曲がりなりにも弁護士を志しているんで、そういうのは気合でなんとかします」

「じゃあ、次回の部長さんになるのかな？」

いいえ、と楓は首を振る。

「今度の大会で僕は引退です。来年は三年だし受験に本腰を入れたいんで」

「そっかぁ……。秋から勉強一本なんだね。そうしたら、こうしていられなくなるね」

思わず、残念、とつぶやいてふと、円香は我に返る。

「あ、でも、それは仕方ないし」

慌てる円香に、楓が可笑しそうに笑う。

「毎週じゃなくても、こうしてレッスンできたらいいですね」

「う、うん、そうだね」

円香は笑みを返しながら、頬が紅潮してくるのを感じ、思わず目を伏せた。

その時、亜美が「アニメ終わったよ」と声を上げたので、円香は本を閉じた。

「それじゃあ、楓くんのピアノを応援しようか」

「楓ちゃんがピアノ弾いたら、亜美、お歌を歌ってあげるね」

「ありがとう、亜美ちゃん」

と、楓は亜美の頭を撫でる。

この時間が、とても好きだと感じていた。

この後のピアノの時間は、アッと言う間に時が進む。

水曜日のレッスンが、円香にとって生活を支えるほどに大きな楽しみとなっていた。

ずっと続いてほしいと感じていた、尊い時間。

だが、そんな幸せも長くは続かないことに、円香はまだ気付いていなかった。

# 第五章　彼女の足音

## 1

『それ』が始まったのは、六月に差し掛かった頃だった。

午前中、鳴り響く固定電話の音に、リビングで掃除機をかけていた円香《まどか》は手を止めて受話器を取った。

「はい、西沢《にしざわ》です」

そう答えるも、しばし無言が続き、やがて電話はプツリと切れた。

円香は、ふぅ、と息をついた。

また、無言電話。最近、多いな……。

何より気になるのは、電話番号だ。

円香は着信履歴を見て、怪訝に眉を寄せた。

「――それでね、また無言電話があったの」

夜、帰宅した和馬《かずま》に無言電話の報告をすると、「非通知着信拒否しろよ」と和馬はテレビに目を向けたまま、面倒臭そうに答えた。

「それが、非通知じゃないの」

低い声でそう告げた円香に、和馬はキョトンとして顔を上げた。

「どこからなんだ？」

「……あなたの会社からの着信で」

「えっ？」

和馬は虚《きょ》を衝かれたように目を見開いた。

「あなたの出世を妬《ねた》んでる人からの嫌がらせなのかな？　って心配になったんだけど」

言い難そうに目を伏せて話す円香に、和馬は言葉を失った。

脳裏にハッキリと美華の顔が浮かび、和馬の手は小刻みに震えた。

「そ、そうか、それは気持ち悪い話だな。俺も気をつけるよ」

和馬は声を上ずらせながら言う。

「気をつけてね、妬む人ってどこにでもいるから」

「ああ」

美華《みか》なのか……？　と和馬は息を呑む。

最近の自分に対する態度の変化、尋常じゃないメッセージの数。

どこかが、何かがおかしい。

……確かめる必要があるな。

和馬は背筋が寒くなるような思いで、息を呑んだ。

*

「無言電話ですって？」

翌日、いつものカフェで和馬から話を聞いた美華は驚いたように目を開いた。

「ああ……」

和馬はコーヒーを口に運びながら、窺うようにチラリと美華を見る。

彼女は難しそうに顔をしかめた。

「それって、なんだか気持ち悪いわね。非通知ならともかく、会社からなんて」

和馬は眉をひそめながら、つぶさに美華の様子を観察した。

美華は難しい表情を浮かべて言う。

「もしかして、和馬さんのことを妬んでる人とかじゃないの？　昇進の話も上がってるんでしょう？」

「……ああ、まあな」

「和馬さんは気付いていないかもしれないけど、あなたの出世をやっかんでる人って結構いるのよ。……仕事ができる男っていうのもなかなか大変ね」

美華はやりきれないように息をついたあと、「でも、そんな和馬さんの心を射止めている私は、ちょっと鼻高々だけどね」と笑みを見せる。

そんな彼女の姿を見ながら、美華ではない、考えすぎだ、と和馬は安堵の息をついた。

2

楓《かえで》とのレッスンは順調だった。

楓が訪れるまでの時間、掃除とお菓子作りに精を出しながら、円香の心は弾んでいた。

そして、彼の来訪を楽しみにしているのは円香だけではない。

「今日は楓ちゃんが来る日？」

亜美《あみ》も幼稚園から帰るなり、毎日同じ質問をした。

「そうだよ、今日は楓くんが来る日だよ」

円香が笑顔で答えると、亜美は「やったぁ」と声を上げた。

時計の針が四時半を少しすぎた頃、インターホンが鳴る。

この瞬間、いつも心臓が強く音を立てる。

玄関の扉を開けると、端正な顔立ちの中に綺麗な瞳を持つ、眩しいほどの少年がいた。

こんにちは、と笑顔を見せる楓に、胸が詰まるのを感じながら、いらっしゃい、と円香が笑顔で答える。横では、亜美が無邪気に手を伸ばした。

「楓ちゃん、抱っこ抱っこ」

「よーし、亜美ちゃん、抱っこだ」

楓は笑いながら高く抱き上げ、亜美はキャーッと奇声を上げ、喜んだ。

円香はそんな二人を微笑ましく見守りつつ、焼き上がったばかりのアップルパイをテーブルに用意した。

「わぁ、美味しそうだ。これも手作りなんですか？　すごいなぁ」

楓は亜美をソファーに下ろしながら、嬉しそうに目を細めた。

「そんな驚かれるほどのものじゃないわよ。さっ、亜美も楓くんもお腹が空いたでしょう。食べましょうか」

「うん、亜美、食べる」

亜美は声を上げてテーブルにつき、「いただきます！」と食べ始めた。

円香はパイを皿に取り分け、「はい、どうぞ」と楓に手渡す。

「いつもすみません。いただきます」

楓は会釈してアップルパイを口に運び、

「あっ、美味しい。サクッとしていてジューシィで」

心底美味しそうにそう洩らした楓に、円香はふふっと笑った。

「お口に合って良かった。でも楓くんってなんでも喜んで食べてくれる気がする。楓くんの一番の好物ってなあに？」

その質問に楓は少し考えるように天井を仰いだ。

「好き嫌いもアレルギーもないので、なんでも食べるんですけど、好物はなんだろう……肉かな？　肉ですね。肉ならなんでも」

想像と違った回答に、円香は思わず笑う。

「どうして笑うんですか？」

「ううん、なんとなく想像とは違ってて。でも、やっぱり育ち盛りなんだなって思って。まだ、十七歳だし、お肉大好きよね」

ふふっと笑う円香に、楓は少し恥ずかしそうに頬を赤らめた。

「でも、高校二年生でもう十七歳ってことは、誕生日はもう終わっているのよね？」

「はい。僕の誕生日は五月四日なんですよ。そうだゴールデンウィークの時、部活帰りに公園で円香さんと会った日です」

えっ、と円香は目を丸くした。

「あの日、誕生日だったの？　やだ、全然、気付かなかった」

「僕が何も言っていないのに、気付いたらエスパーですよ」

「本当だね」

円香は、でもそうだったんだ、と洩《も》らした。

「あの日が誕生日だったんだ」

互いに英語とピアノを教え合おうと決まった日だ。

あの日が、誕生日だって分かってたら、何かしてあげたのに……。

円香はそう思い、チラリと楓を見た。

「……楓くん、七時からの塾の時、夕食はどうしているの？」

「家に帰ってからも食べるんですけど、やっぱりお腹が空くので、コンビニでお弁当を買って授業が始まる前にも食べます」

「それって、普通に食べるの？　少し食べるの？」

「普通に食べます。そして、家に帰ってからも普通に食べますよ。育ち盛りですから」

開き直ったようにそう言った楓に、円香は思わず感心した。

「そんなに食べるんだ。よく太らないね」

「皆、これくらい食べますよ」

「代謝がいいんだろうね。思えば、私も学生の頃、たくさん食べたかも」

「円香さんは、どんな高校生だったんですか？」

「普通の高校生。特に目立ってたわけでもないし、そうそう、吹奏楽部だったの」

円香は昔を思い起こし、ふふっと笑った。

「吹奏楽部でピアノも弾いていたんですか？」

そう訊ねた楓に、うん、と円香は小さく頷く。

「ピアノパートがある時はピアノを弾いてたけど、普段はヴィブラフォンを使っていて」

「ヴィブラフォンって、鉄琴ですよね？」

「そう。ヴィブラフォンで『パッヘルベルのカノン』を奏でたら綺麗だろうね」

本当ですね、と楓は音を思い浮かべるように目を細める。

「文化祭では部の有志たちで演奏会をして、私はピアノを担当。そこではじめてジャズを
弾けて、すごく楽しかった……」

楓は、へぇ、と感心したように頷く。

「楓くんの通う男子校ってどんな感じ？　男ばかりでつまらないって思う？」

「意外に楽しいですよ。男同士でわいわいしている感じで」

「そうなんだ。中学の頃は普通に共学だったんだよね？　楓くんモテたでしょう？」

いえ、全然、と楓は首を振る。

「ちょっと信じられない。だってその頃から成績も良かっただろうし、顔も可愛いし」

「僕、中学の頃は野球部だったんです。塾と勉強で、ほとんど参加できない補欠部員だったんですけど、野球部員は丸刈りが鉄則で、僕も丸坊主だったんです」

ああ、と円香は少し納得する。

「そっか、女子中学生はヘアスタイルで人を判断しちゃうかもね」

「丸坊主でクイズとかが得意だったから、たまに一休さんって呼ばれてました」

円香は、ふふっと口角を上げる。

「一休さんかぁ。それじゃあ、意外とこれまで彼女がいたことなかったり？」

「いえ、去年、高校一年の時、文化祭で知り合った女子高の子と交際したことはあるんですけど、三か月でフラれました」

「えっ、どうして？」

円香は信じられない、という気持ちを隠しきれずに、思わず声を上げた。

こんなに素敵で、優しくて頭もいい男の子がフラれるなんてありえるのだろうか？

「まぁ、僕が面白味のない男だったからだと思いますよ」

あっさりと言う楓に、「そ…そうかなぁ」と円香は戸惑う。

もしかしたら高校生の女の子には、この真面目な感じが面白味がないと判断されたのかもしれない、と腑に落ちないながらも自分を納得させる。

「ああ、でも、十二月から付き合い始めたんで、カップルがするようなことは大体できたんですよ」

思い出したように続ける楓に、円香は、えっ、と目を丸くした。

「そうなの？」

「はい。クリスマスに初詣にバレンタイン、このイベントを一緒に過ごして、それが終わってからフラれたので、イベントを意識していたのかな？　って思いましたけど」

男女の恋愛のステップかと思った円香は、そういうこと、と胸に手を当てた。

「ああ、ビックリした」

楓はぱちりと目を瞬かせ、円香がどんな想像をしていたのか察し、瞬時に耳まで真っ赤になった。

「あ……変な言い回しでしたね。失礼しました。さて、英語を始めましょうか」

楓はそう言って、ぎこちなく鞄の中から辞書やＤＶＤを取り出した。

円香が笑いを堪えていると、家の電話が鳴った。

着信番号を見て、また会社の電話番号であることに顔をしかめつつ、受話器を取る。

「はい、西沢です」

その電話はいつものように、しばし無言が続き、やがてプツンと切れた。

円香は、ふぅ、と息をつき、受話器を置いた。

「また……」

「もしかして、無言電話ですか？」

「うん、最近は一日に五～六回かかってきて……」

円香はそう言って苦笑を浮かべたあと、無心にパイを食べる亜美に声をかけた。

「じゃあ亜美、英語のアニメ観ようか？」

亜美が「観る観る」と喜ぶ横で、楓は心配そうに円香を見た。

「非通知着信拒否したらどうですか？」

「うちの夫も同じこと言ってたんだけど、非通知じゃないの」

「それじゃあ、指定番号着信拒否をしたらどうですか？」

「それがそうもいかなくて、うちの夫の会社の番号だから」

弱ったように眉を下げる円香に、楓は目を見開き言葉を詰まらせた。

「うちの夫は、社内では出世も早い方だし、私が在職中も妬んでる人とかいたの知ってるから、多分、そういう関係の人だと思うんだけど」

円香は苦笑を浮かべたあと、DVDをセットした。

「さっ、亜美、手を拭いてテレビから離れて観ようね」と亜美の手を拭くと、椅子に座らせる。テーブルに本やノートを並べ、「始めましょうか」と笑顔を見せた。

楓は、はい、と頷く。

「でも嫌がらせをするのに、その対象が明らかにいない時間に自宅に無言電話するなんて、それは旦那さんへの嫌がらせと言うより……」

ぽつりとつぶやき、我に返ったように口を噤《つぐ》み、難しい表情を浮かべた。

「楓くん？」

「……円香さん、何かあったら、すぐに相談してくださいね」

強い眼差しで言う楓を前に、円香は、ありがとう、と微笑む。

やはり弁護士の卵は、正義感が強いのだろう。

その後、いつものように英語の小説の翻訳をし、その後にピアノレッスンへと移った。

「この前、弾いたところを片手ずつ弾いてみて」

グランドピアノの蓋を開けて、楽譜の用意をした。

楓は「はい」と答えて、ゆっくりとピアノを弾き始める。

円香は楓の演奏を確認し、うん、と頷いた。

「ぎこちないけど、随分弾けるようになったね。次は両手で合わせてみて。間違えてもいいから、最後まで通して弾いてみて。終わったら、間違えたパートを弾く」

楓は真剣な表情で頷き、両手での演奏を始めた。

円香はそんな楓の様子を眺めつつ、「ちょっとだけ、ごめんなさいね。そのまま弾いていて」とキッチンへ向かった。

亜美はキョトンとして首を伸ばす。

「ママ、何してるの？」

「うん、ちょっとね」

円香は、うふふ、と笑う。亜美はキッチンへの興味が薄れたのだろう、楓の横に立ち、真剣にピアノを弾く様子を眺めていた。

楓は何度も繰り返して弾きながらも、自分で納得行かないらしく練習を続けている。

キッチンから戻った円香は、楓の練習を見ながら、「あっ、指が伸びてる。手は卵を柔らかく握っているイメージの形でね」と手を指した。

しばし練習を見守り、そして壁掛け時計を確認した。

「そろそろ時間だね。今日のレッスンはこれまで。お疲れ様」

そう言うと、楓は我に返ったように顔を上げた。

「あ…もう、こんな時間」

「本当に上手になってきたね。機会があったら学校のピアノでも練習してみて」

楓は、「はい」と嬉しそうに頷いて、鞄の中に辞書等を片付ける。そして「それでは」と会釈した時に、円香はスッと小さな紙袋を差し出した。

「えっ？」

「少し遅れたけど、誕生日プレゼント」

「そんな……受け取れませんよ」

戸惑った顔の楓に、円香は慌てて手を振った。

「ただのお弁当なの。塾の前に食べてもらえたらって。使い捨てのエコ容器に入れたものだから、食べ終わったら捨ててもらえれば……」

楓は驚いたように目を見開いた。

「あ、ごめんね、好き嫌いやアレルギーはないって前に言ってたから、つい」

「いえ、そんな。ありがとうございます」

「遅ればせながら、お誕生日おめでとう。そして、いつもありがとう、楓くん」

円香はそう言うと、続いて亜美も「ありがとう、楓ちゃん」と元気な声を上げた。

「こちらこそ……嬉しいです」

楓の頬がみるみる赤くなっていく。それを誤魔化すように、手の甲で口許を押さえた。

その姿を見て、円香の鼓動がトクンと波打つ。

「ほら、楓くん、そろそろ」

円香は気恥ずかしくなり、楓の背中を軽く叩いた。

「あっ、はい、行ってきます。本当にありがとうございました」

屈託なく微笑んだ楓に、円香の胸は熱くなった。

「じゃあ、また来週ね」

「はい、また来週ですね。お弁当、ありがとうございました」

そう言って楓はペコリと会釈し、玄関を後にした。

円香はキッチンで夕食の準備をしながら、楓の様子を思い出し、顔を綻ばせた。

良かった、喜んでくれたんだ。

これが、ついつい『推し』に課金してしまう気持ちなのだろうか。

でも、ほどほどにしなければならない。

何より彼は、本当は嬉しくなくても気遣って、受け取るタイプだ。

自分の気持ちを引き締めよう、と頷いていると、また家の電話が鳴った。

やはり会社からの着信で、憂鬱な気持ちになる。

はい、と受話器を取ると、今度は出るなりすぐにプツンと切れた。

ただ切れるだけなのに、最近、電話が鳴ると寒気がする。

もう音を消してしまっても良いかもしれない。

円香は重い気持ちで、着信音量をＯＦＦにした。

## 3

会社で仕事をする傍ら、今や日課となっている無言電話を終えた美華《みか》は、円香の心中を想像し笑みを浮かべた。

時計に目を向け、そろそろ帰ろう、と立ち上がる。

帰宅前に使っていたマグカップを洗うため、給湯室に向かうと、給湯室で和馬が生ゴミ入れのゴミ箱に自分の弁当の中身を捨てていた。

「何をしてるの？」

「ああ、今日、外で昼飯食べただろ？　弁当食べなかったから、中身を捨ててるんだ」

和馬は弁当の中身をすべて捨てたあと、軽く弁当箱を水ですすいだ。

「円香先輩、お弁当作ってるのね」

私とランチに行った時は、こうしてお弁当の中身を捨てるのだろう。

「さてと、これから、部長と接待だ」と身体を伸ばした和馬に、「いってらっしゃい」と美華はにっこり笑い手を振った。

給湯室を出て行く和馬の背中を見送ったあと、美華はゴミ箱に捨てられた弁当の中身をスマホのカメラで撮影し、ニヤリと口角を上げた。

4

楓は駅前の塾に足を踏み入れ、いつも座る席についた。

試験にパスしないと入門することが出来ない有名進学塾なためか、見かける塾生は同じ高校の生徒ばかりだった。

授業が始まるまでの時間はコンビニの弁当などを持ち込み、食べている者が多い。楓もいつもはコンビニでパンなどを買って腹ごしらえをしているが、今日ばかりは円香に作ってもらった弁当がある。

わくわくしながら、弁当箱を開けた。

ハンバーグにエビフライ、卵焼きとブロッコリー、プチトマトと綺麗に詰め込まれていた。美味しそうな香りに、頬が緩む。

あのわずかな時間で、こんなに豪華なお弁当を作ってくれるなんて……。

感動を覚えながら、楓はそっとおかずを口に運んだ。

「広瀬の弁当、なんだそれ、すっげぇ豪華だな」

突然、無遠慮な声が響く。顔を上げると、同じ学校の生徒が、惣菜パンを片手に羨ましそうに弁当を覗き込んでいた。

「いいだろ」

簡単に返すと、「一口くれよ」と無遠慮に手を伸ばしてくる。

ダメ、と楓は弁当を持ち上げて阻止した。

「なんだよ、ケチだな。もしかして彼女の手作りなのか？」

「そんなんじゃないけど」

「分かってるって。どう見ても、母さんが作った弁当って感じだし」

当然のように言われて、楓は思わず眉をひそめた。

「——母さんではないよ」

別に母が作ったものと思われても支障はなかったのだが、気がつくとそう答えていた。

余計なことを言ったな、と楓は自分の言葉を後悔した。

「じゃあ、やっぱり彼女か」

「いや……友達？」

「なんで疑問形？」

ほんとだな、と楓は笑う。

果たして彼女は『友達』なのだろうか？

「可愛い？」

目を輝かせながら身を乗り出した田中に、「まあ、うん」と楓は曖昧に頷いた。

「そうだよなぁ、広瀬《ひろせ》は面食いだもんな」

「面食いって？」

「前の彼女、可愛かったじゃん。よく駅前で一緒にいるの見かけてたし」

彼はいたずらっぽく笑ったあと、前のめりになる。

「どうして、別れたんだ？　勉強に差し支えるからか？」

「フラれたんだよ」

すると、彼は弱ったように頭をかいた。

「そうだったんだ、てっきり広瀬がフッたのかと思ってたよ、悪い。でも、なんつーか、頭の軽そうな女だったよな。広瀬とは釣り合わないよ」

慰めのつもりなのか、また無遠慮なことを言う彼に、楓は何も答えずにいた。

前の彼女とは、文化祭で知り合った。

思えば『知り合った』というほどでもない。

校内のことを聞かれて案内した程度だ。

その後、十二月に差しかかった頃だ。

校門前で彼女は友達と共に楓を待っていた。

下校時間で人が溢れるなか、

『広瀬君、私、あなたが好きです。私と付き合ってください』

真っ赤な顔で頭を下げてきた彼女には、正直困った。周囲の好奇の目と、彼女の友人のじっと見つめる目が刺さる。

彼女のことは学校を案内しただけなので、よく知らなかった。それでも、ここで断ってしまうのは、あまりに彼女に対して酷な行為だと感じた。

「……友達としてなら」

言葉通り『友達』からと思っていたのだが、交際ＯＫと捉えられてしまった。それでも彼女と過ごすうちに、無邪気で屈託ない彼女を『可愛い』と思うようになった。

その後、彼女に誘われるままに、クリスマスにテーマパークに行き、正月には着物姿の彼女と初詣に行った。

『ねぇ、どうしてキスとかしてくれないの？』

甘えるように腕を絡めてきた彼女に、じゃあ、と言うように唇を重ねた。

初めてのキスは、唇が柔らかいということ、飲んだばかりのカフェオレの香りを感じた。

それ以外、不思議と感動もなかった。

唇と唇を合わせるだけで特別なものになるんだな、と冷静に思った自分に戸惑った。

二月のバレンタインには、恐ろしく甘い手作りのチョコレートをもらった。

交際の雲行きが怪しくなって来たのは、バレンタインが終わった頃からだった。

『楓ぇ、明日、デートしない？』

毎日のようにデートに誘ってくる彼女に対して、断ることが続いた。

『ごめん、明日は母さんの仕事が遅くなるから、弟の面倒を見なきゃいけないんだ』

『そんじゃあ、家に遊びに行きたいんだけど』

そう言う彼女に、『それは、別に構わないよ』と、家に招き入れた。

彼女が家に来ると、まだ幼い弟は彼女の姿に大はしゃぎして、まとわりついた。

子どもが苦手だという彼女は、部屋から出て行こうとしない弟の姿に終始、不機嫌そうに顔をしかめていた。

『ねぇ、弟、まいるんだけど、二人きりになれないわけ？』

母が帰ってきたので、自分はいつものように一日の出来事を話して伝えた。

それが決定的だったらしい。

家を出たと同時に『もう、無理』と彼女は、顔を引きつらせながら言った。

『楓ってマザコン？　お母さんお母さんって、マジキモいんだけど、ありえないわ。弟もウザイし。いくら顔は良くても、偏差値高い奴ってやっぱ普通じゃないわ』

彼女は、そう吐き捨てて、去って行った。

ショックとも悔しいともつかない、なんとも言えない感情が支配した。

マザコン。傍目にはそう見えることが、おかしくも感じた。

本当のマザコンならば幸せなのかもしれない。

彼女との交際を経て、あらためて思い返す。自分は果たして、彼女を好きになれていたのだろうか？　そもそも自分が人を好きになれるのだろうか？

自分を殺してしまってからというもの、大きな怒りも興奮するような喜びをもなくして
しまったように思える。

そう、感情的になれなくなったのだ。

恋愛感情とは、感情と最も密接したものだろう。

そう思えば、今の自分は能面をかぶって生きているようなものだ。

その能面が密着しすぎて、もう取れはしない。

怒りも憤りもなければ、深い喜びも興奮もない。

ただ穏やかに、人に不快感を与えぬよう周りに気を遣い生きている。

取り繕った自分のまま、これからも感情的になることなく生きていくのだろう。

そんな自分に、誰かを好きになることなんてできるのだろうか？

楓は食べ終わった空の弁当箱を見て、円香を思い浮かべた。

家の中にいても、家族と話したあと、自分の部屋で一人になった解放感から、ふぅ、と息をついてしまう。

だが、円香と会ったあとは、それがなかった。

二人で英語とピアノを教え合い、そしてあの家を一歩外に出た時、自分の頬は緩んでい

る。
　解放感よりも、もう少しいたかった、と思うのだ。
　こうして落ち着けるのは、相手がうんと年上の女性だからなのかもしれない。
　ふと、円香が、泣きながら亜美を抱き締めていた姿を思い起こす。
　あの時は、どうしてか心が震えた。
　亡くした母の姿と重ね合わせたからなのだろうか？
　だとしたなら、それこそマザコンだな。
　楓はそう思い、ふっと笑った。
　友人は楓の空になった弁当箱を見て、「くそぉ」と声を上げた。
「本当に一口もくれなかったな。珍しくムキになりやがって」
　彼の言葉に楓は、戸惑いを感じながらも「まあな」と笑みを見せた。
「それにしても、この豪華な弁当を作った女友達も可愛いのか……いいなぁ」
　羨ましそうにつぶやかれ、楓は思わず笑った。
　確かに可愛い人だ。
　でも彼が思っている可愛さとは違うだろう。
『可愛い人だよ、でも十四歳も年上だけど』

そう言ったらきっと目を丸くするだろうな。

楓はそんなことを思い、また笑みを浮かべた。

5

今日は和馬が接待で遅くなると聞いていた円香は、亜美を寝かし付けたあと、テレビを観ながら気ままに過ごしていた。

退屈な番組に小さな欠伸をしていると、スマホにメッセージが届く。

誰だろう？　と目を擦りながら確認すると、楓からだった。

『お弁当、ありがとうございました。美味しかったです。危うく友達につまみ食いされるところでした。死守しましたけどね』

相変わらず丁寧で優しいメッセージに円香の頬が緩む。

『お口に合って良かった。死守しなくても良かったのに笑』と返信すると、すかさず『いえ、断固死守です』と返事が来たので、円香はふふっと笑う。

次の瞬間、またメッセージが届いた。

スマホを見ると、今度のメッセージは美華からだった。

『信じられないです！　夕方、給湯室で和馬さんが円香先輩が作ったお弁当をゴミ箱に捨てているのを見たんです。「円香先輩が可哀相じゃないですか」と言ったら「うちの奴に絶対言うなよ」って言われて……でも許せなくてメッセージしちゃいました。でも、このことを言うと私が告げ口したことがバレちゃいますね。旦那さんには黙っててくださいね』

そのメッセージには、ゴミ箱に捨てられたおかずの画像が添付されていた。

「え……」

その画像を確認し、円香は言葉を失った。

「何これ？　もしかして私の作ったお弁当、いつも捨ててるの？」

バクバクと心臓が強く音を立てる。

朝の忙しい時間、これくらいしかできないと、毎日作ってきた。そもそも、お弁当がいいと言ったのは和馬なのだ。

悲しさと悔しさから、円香の目に涙が滲む。

「何年もがんばって作ってきたのに……」

## 6

翌朝、和馬が欠伸をしながらリビングに顔を出すと、明らかに機嫌が悪そうな円香の様子に戸惑った。

円香は弁当を捨てられていた怒りが消えず和馬を責め立てたい気持ちでいたが、美華の立場がなくなると思いグッと堪えていた。

だが、そんな円香の胸の内を知る由もない和馬は、不愉快でならなかった。

無言のまま朝食を用意し、「今日、お弁当はないから」と素っ気無く告げた円香に、和馬もムスッとして朝食を食べる。

「こっちは接待で疲れてるっていうのに、なんだよ、その態度……」

和馬はわざと聞こえるように言い、「おい、何か飲み物は?」と声を上げた。

円香は亜美に幼稚園の制服を着せながら、「自分でお願いします」と和馬を見ようともせずに冷たくそう告げる。

「ったく、なんだよ」

和馬は勢いよく立ち上がって冷蔵庫を開け、自分でコップに麦茶を注ぎゴクリと飲み干し、素早くスーツを着ると、無言で家を出た。
和馬が出て行ったあと、円香は重い息をついた。
何ともいえない嫌な感じ。
いっそ、どうしてお弁当を捨てるんだって、責められたら楽なのに……。
円香は亜美の髪をとかし「さっ、行こうか」と声をかけた。
うん、と亜美は駆け足で玄関に行き、自分で靴をはいた。
家を出て少し歩くと、いつものように楓たちの姿が見える。
「楓ちゃん、お兄ちゃん、バイバーイ」
満面の笑みで大きく手を振る亜美に、楓含む高校生三人は、
「おはよう、亜美ちゃん」
「亜美ちゃんもいってらっしゃーい」
と、恒例のように挨拶を返してくれる。
楓は、円香をチラリと見て、柔らかく微笑み小さく会釈した。
その姿に癒されながら、円香も会釈を返す。
こうして朝、顔を合わせて挨拶できることが、こんなにも毎日の励みになっている。
彼の存在がなければ、私のストレスはかなり溜まってしまっているんだろう。

自分を支えるものが、旦那じゃなくて、高校生の男の子だなんて。

皮肉な事実に、円香は思わず苦笑した。

7

和馬が弁当を捨てている事実を知った日から、円香は弁当を作るのをやめた。

元々少なかった会話は更に少なくなり、夫婦が一日中顔をつき合わせる土日になると、和馬は家庭から逃げるようにゴルフの打ちっぱなしやパチンコに行き、時間を潰した。

互いに、一緒にいる時間を避けるようになったようだった。

今までは気兼ねなく互いに頼み合っていたことも、多少、無理しても自分でするようになっていた。

家の中の雰囲気は、重苦しいものだった。

夫婦をつなぎとめているのは、亜美の存在だけだと二人は確信していた。

このままではいけない。

円香はそう思いながらも、鬱積した怒りを爆発することができずに悶々としていた。

そして、一週間のかけがえのない楽しみである水曜日が訪れた。

最悪な環境、最悪な毎日の中、水曜日だけは眩しく輝いていた。

インターホンの音に円香と亜美は、飛び切りの笑顔でドアを開けた。

そう、楓が来る日だった。

「こんにちは」

笑顔で会釈する楓に、円香は笑みを返しながらスリッパを用意した。

「いらっしゃい、どうぞ」

「楓ちゃん、いらっしゃい！」

いつものように飛び跳ねて迎える亜美に、楓は目尻を下げてその頭を撫でる。

「こんにちは、亜美ちゃん、お邪魔します」

リビングのソファーに座りながら、そういえば、と顔を上げた。

「お弁当、本当にありがとうございました。すごく美味しかったです」

相変わらず律儀な楓に円香は、プッと笑う。

「お礼はメッセージでもらってるから。それより、ごめんね」

どうして謝られたのだろう、と楓は不思議そうにする。

「あのお弁当は私の自己満足だった気がして。楓くんは優しいから、差し出されたら受け取るしかないし、気をつけなきゃと思っちゃって……」

楓は何かを察したように前のめりになる。

「もしかして、誰かに何か言われたんですか？」

「あ、いえ、その……夫がね」

「旦那さんに怒られたんでしょうか？」

楓は心配そうに詰め寄る。

「ううん、そんなんじゃなくて、その、私が作ったお弁当を捨てていたのが分かったの」

円香は亜美には聞こえないよう、小声でぽつりとつぶやいた。

えっ、楓は目を見開く。

「そんなこと、どうして分かったんですか？」

「実は、こんなメッセージが来て……」

円香はおずおずと、美華からのメッセージを見せる。

楓は文面と画像を確認し、小さく息をついた。

「……円香さん、僕が休日に部活に行く時、母がお弁当作ってくれることがあるんです。でも、皆でラーメンを食べに行こうという話になったら、作ってもらった弁当を食べずに、皆と一緒にラーメンを食べて、家に帰る前に弁当を食べることってあるんですよ」

円香は楓の意図が分からないまま相槌をうつ。

「僕は育ち盛りなんでラーメンもお弁当も食べることができますけど、食べられない場合は手つかずの状態で持って帰ることになると思うんです。でもせっかく作ったお弁当が、手をつけられていない状態だったら、悲しい気持ちになると思うんですよね。母は自分の息子のために作ったお弁当を自分の手で処分することになると思うんです。そう考えたら、家に帰る前に捨てて帰るのも思いやりだとも思います」

楓の言葉を聞き、円香は何も言えなくなる。

「旦那さんは、付き合いで外に食べに行って、円香さんのことを思って捨てたのかもしれませんよ？　毎度捨てているとは考えにくいです」

落ち着いた口調で諭され、円香は俯いた。

「円香さんは、旦那さんに真相を聞いてみました？」

円香は首を横に振った。

「何も聞かずに怒っているのはルール違反ですよ。メッセージを送ってくれた人の名前を出さずに、穏やかに訊ねてみるのが一番だと思います」

反論の余地もなかった。

「本当だね……楓くんの言うとおりだ。一言確かめればいいのに、それすらしないで酷い態度を取ってきて。私は本当にバカだ」

自己嫌悪、と洩らす円香に、楓は眉根を寄せる。

「僕としては、こんなメッセージを送って来た人こそ、ルール違反だと思いますけどね。こんなメッセージが来たら誰だって円香さんと同じ心境になりますよ」

珍しく非難するような強い口調だった。楓は理知的ながらも、優しく穏やかに話す。そんな優しい印象しかなかった円香は、彼の強い口調に戸惑いを覚えた。

「あっ、これを送ってくれた子は、私の後輩でとてもいい子なの。だから、和馬の行動を許せなかったんだと思う」

「すみません、つい感情的になりました」

「ううん、楓くんが謝るのはおかしい。……でも、本当にすごい子だね」

心からそう言って息をつくと、楓は口角を上げる。

「僕、今まで円香さんの口から何回すごい子って聞いたか分からないですよ。これからはNGワードにしましょうか」

円香は「やだ、そんなに言ってる?」と口に手を当てる。

円香の笑顔を見た楓は安心したように表情を柔らかくし、「じゃあ、始めましょうか」と鞄から辞書やDVDを取り出した。

「そういえば楓くんのお友達は、私たちが相互レッスンしていることを知らないの？」

円香はDVDをデッキにセットしながら訊ねると、楓はさらりと答える。

「言ってません、うるさく詮索されると面倒なんで」

「そうだよね、人妻と相互レッスンって、それだけを聞くといかがわしいわよね」

円香が、うんうん、と納得したように頷くと、楓は小さく噴き出した。

「何もそこまで言わなくても」

「冗談冗談。こんなオバサンと一緒にいても、誰も変な想像はしないわよね」

「それについては、コメントしにくいですね。『そうですね』と言うと怒られそうだし、『そんなことないですよ』と言うと変な感じだし」

と言って笑みを見せた楓に、円香は目を開いた。

「そして、『コメントしにくい』と答えたんだ。そっか、それが理想的な返事かも。本当、楓くんはすごい子ね」

「ほら、NGワードですよ」

「あっ」

二人はなごやかに勉強の準備を始めた。

# 8

仕事が終わり、和馬と美華はいつものようにホテルで愛し合った。

「円香先輩と第二子の子作りはしてるの？」

ベッドの中でまどろみながら訊ねた美華に、和馬は苦笑を浮かべた。

「最近はそれもしてないな……あいつも排卵日の報告もしなくなったし」

そう言って息をついた和馬に、美華は小さく笑う。

「別に、第二子なんていいじゃない」

「男の子が欲しいんだ」

「もし、次が男の子じゃなかったら？」

「それは……まぁ、仕方ないで終わるかな？」

和馬は困ったように頭をかいた。

「ねぇ、産んであげようか？」

美華は少し身を乗り出し、いたずらっぽく笑って和馬を見た。

「えっ？」

「私が、男の子を」

「バカ、何言ってるんだよ」

「冗談よ」

「まったく、心臓に悪い冗談はやめてくれよ」

顔をしかめた和馬に、美華は眉をひそめた。

「円香先輩に、もう愛はないのよね？」

「えっ？　……ああ」

それじゃあどうして、心臓に悪いと思うの？

美華は小声で囁いた。

# 第六章　涙の結婚記念日

## 1

その日、和馬が家に帰ると、円香の様子は今朝とは明らかに違っていた。

お帰りなさい、と笑顔を見せ、テーブルには和馬の好きな物ばかりが並んでいた。

なんだ？　今は機嫌がいいのか？

和馬はポカンとしながら、スーツのジャケットをソファーに無造作に置き、冷蔵庫からビールを取り出した。

円香は箸や小皿などを用意しながら、すまなそうに目を伏せた。

「あの……今まで、嫌な態度を取ってごめんなさい」

円香が何を言い出すのだろうかと、和馬は訝しげな顔をした。

「実はちょっとしたことから、あなたが私の作ったお弁当を捨ててるって話を聞いてしまって……。今までずっと捨てられていたのかと思ったら悔しくて悲しくて、それで怒ってたんだけど……人に相談したら、付き合いで外にご飯を食べに行くことがあるし、手つかずのお弁当を持って帰らずに捨てて帰るのも思いやりだって言われて……私もあなたに何も聞かずに怒ってて、あなたにとっては何がなんだか分からなかったと思うの」

和馬の心臓はバクンと跳ねた。

「弁当のことは……誰に聞いたんだ？」

「え……うん、誰ともなくというか……」

円香は上手く誤魔化すことができずに目を伏せた。

美華なのか？

和馬は鼓動が早くなるのを感じながらも、動揺を悟られないようにビールを口に運ぶ。

「そ、それで怒っていたのか、それは怒るのも……無理ないよな。俺も付き合いがあると断れないし、生ゴミ増やしてもあれだろ？」

「生ゴミ？」

「いや、その、俺もせっかく作ってくれたのに食べなかったって言えなくて、本当に悪かったよ。ごめんな」

和馬はそう言って、円香の手を取った。

「いいの、私こそごめんなさい」

「お弁当はこれからはいらないよ。付き合いも多くなりそうだし、打ち合せで外出することもあるし」

すまなそうにそう言った和馬に、円香は「分かった」と笑顔を見せた。

そうか、円香はそれで怒っていたわけだ。弁当を捨てていたことが分かったなら腹も立つよな。それにしても、誰がそんなことを……。

和馬は顔をしかめて、食事を口に運ぶ。

円香は脱ぎ捨てたジャケットをハンガーにかけたあと、ふと和馬のうなじに目を留めた。

「うなじのとこ、虫に刺された？」

「うなじ？」

「赤黒くなってるわよ」

美華が首に何度もキスしていたことを思い出した和馬は、食事の最中にもかかわらず洗面所に駆け込み、合わせ鏡でうなじを確認する。

くっきりと付けられたキスマークに全身に冷たい汗が流れた。

「食事の途中なのに、そんなにムキになって確認しなくてもいいのに……そんなに痒くないの？」

円香が洗面所に顔を出すと、和馬は慌てて振り返る。

「ああ、まぁ、痒いな。でも、大丈夫だ」

「薬出すね」

「い、いやぁ、そんなに痒くないから」

「でも、凄く赤黒いよ、ちゃんと見せて」

円香が近付いて確認しようとすると、和馬は体を反らした。

「触るなよ、凄く痒いんだから！」

「えっ？」

「やっぱり、薬を出しといてくれ」

ポカンとする円香を尻目に、和馬は逃げるように洗面所を出た。

美華の奴、何考えてるんだ？

和馬は、焦りと怒りを感じ、ばくばくと心臓が音を立てていた。

2

今日は六回目の結婚記念日だった。

朝の様子では、和馬は今のところ忘れているのかもしれない。

それでも円香の心は、晴れていた。

結婚記念日の前に険悪な雰囲気から脱することができたことが心から嬉しかった。

楓とは朝、すれ違った時に、互いに笑顔で会釈した。

人目をはばからず、堂々とお礼を言えるような仲だったらいいのに。こんなことを思うなんて、別に背徳の関係でもないのに、と円香は笑みを浮かべた。

亜美を送り出したあと、円香は感謝の気持ちを伝えようと楓にメッセージを送った。

『楓くんの言うとおり、お弁当は思いやりで捨てていたことが分かりました。喧嘩も仲直りできたよ、本当にありがとう』

『それは良かったです。また何かありましたら、「すごい子」に聞いてください笑』

『はい、その時はよろしくお願いします笑』

そんなやりとりをし、円香はカレンダーに目を向ける。

「本当に、結婚記念日を険悪なまま迎えずに済んで良かった」

がんばって美味しいものを作ろう。

うん！　と頷き、張り切って掃除の続きをした。

3

楓は学校の休憩時間に円香にメッセージを返信し、ふぅと息をついた。

そんな楓の様子に前の席に座る友人の布施《ふせ》が、にやにや笑いながら振り返った。

「広瀬クンったら、最近よく誰かとメッセージしてるよなぁ」

「ああ、うん」

楓は頷くと、スマホをポケットに入れる。

「おにーさんに正直に話せよ、彼女できたんだろ？　そしてすみやかに、その彼女の友達を紹介しろよ」

不敵な笑みを浮かべながら言う布施に、楓は思わず笑う。

「残念だけど、それは見当違いだよ」

「あれ、勘が外れたな。メッセージの相手は女だろ？」

「女性だけど、十歳以上年上の親戚だよ……結婚してるし」

いかがわしい想像をされることが面倒で嘘をつくと、布施は「へぇ」とだけ洩らし、それ以上訊こうとはしなかった。

『詮索されたくない』という信号をキャッチしたのだろうと、楓は思った。

楓には広く浅く『友達』が多い。だが心を許せる友達は、そう多くはない。そんな中でも前の席に座る布施は、心を許すことができる数少ない友達の一人だった。

いつも人をからかうような口調で話す男だが、人の気持ちを誰より敏感に察知する。これ以上、踏み込まないで欲しいと思ったら、それを察して踏み込まない。

頭の回転がよく、多くを語らなくても理解するのが早い。

楓は布施のそういうところが心地良いと感じていた。

そんな布施だけには、他の友人にはしないような相談や質問をぶつけることもしばしばあった。

円香が無言電話や妙なメッセージを受けていることを思い浮かべ、楓は眉を顰《ひそ》める。

ゴミ箱に捨てられた弁当の画像付きメッセージを見た瞬間、自分でも戸惑うほど激しい怒りに襲われた。

あれは親切ではなく、紛れもない嫌がらせだ。親切ごかしに、こんな低俗な嫌がらせをするなんて許せない、と強く思った。

この自分があんなに感情的になるなんてと、楓は我に返って戸惑った。

会社の番号からの無言電話も、彼女の言う『とてもいい後輩』の仕業だろう。

なぜ、そんなことをするか……理由は明白にも思えた。

近々、必ず発覚するだろう。

「あのさ」

楓がポツリと呟くと、布施は「うん？」と顔を上げた。

「……もし友人にこれから起こるかもしれない、つらい事実があることを悟ってしまった場合、それを本人に伝えるのと伝えないのは、どちらが最善だと思う？」

布施は「うーん」と小さく唸った。

「……難しい問題だな。正解はないけど、その人の人格次第かな」

布施は頬杖をつきながら、楓の机の上の参考書をパラパラめくっていた。

「その人の人格に添うなら伝えないほうがいいと俺は思うんだけど、何の心の準備もなくつらい事実に直面した時、より傷つくような気がして、遠回しでも悟らせた方がいいのかなとも思うんだ」

「本人が何も悟っていないなら、そのままにしてやるべきだな。悟りやすい人間と鈍感な人間は、それに見合った度量を持ち合わせていると思うし」

「まあ……そうだよな」

楓は言葉を詰まらせ、そっと腕を組んだ。

「鈍感な人間って強いよな。鈍感が故にずっと気付かずにいて、突然の不幸な現実に直面してもショックを受けつつ、なんとか対応できる度量があるんだ。逆に広瀬みたいに、なんでも感づく人間は突然の辛い現実には耐えられないんだろうなぁ。だから人よりもアンテナが敏感なんだ」

その通りだろ？ と笑みを見せた布施に、楓は苦笑した。

「それは、布施、お前自身のことだろ？」

そう切り返すと、布施は「そうだよ」と口角を上げる。

そんな布施に、楓は微笑んだ。

4

和馬は会社の倉庫で腕を組み、美華を睨んでいた。

「──どういうつもりなんだ？」

怒りをあらわにする和馬に、美華は悪びれずに小首を傾げた。

「何の話？」

「うなじにわざとキスマークつけただろ？ 仕返しのつもりか？」

低い声でそう告げると、美華は驚きショックを受けたように大きく目を見開いた。

酷い……、と洩らして、グッと俯《うつむ》く。

「美華？」

思わぬ反応に戸惑い和馬が身を乗り出すと、美華はグスッと鼻を鳴らした。

「そんなつもりじゃなかったのに……、キスマークがついていたなんて気付かなかったのに、仕返しだなんて……」

美華はポロポロと涙を零す。和馬は慌ててその肩に手を乗せた。

「あ……悪かった、俺も焦って……」

「ううん、私って結局、邪魔な存在なのよね？」

「そんなことないよ」

「ただの遊びの女なのよ。だから鬱陶《うっとう》しいことをされたと感じたら、そんな剣幕で怒る」

「何を言うんだよ」

「今ので分かったの。私は和馬さんを焦らせるだけの鬱陶しい存在なんだって」

美華はそう言って和馬に背を向けた。

「別れるわ。もう会わない」

冷たく切り捨てるように言い、その場を立ち去ろうとする美華に、和馬は大きく目を見開いた。

「美華、ごめん」

「あなたは、円香先輩こそが大切なのよね。だから、キスマークひとつでそんなに焦るのよね。もう、会わない方がいいわよね」

美華はそう言って振り返り、涙で潤んだ切なげな瞳で和馬を見た。

和馬はそんな美華の手を引き、グッと抱き寄せた。

「何を言ってるんだよ、俺が好きなのは美華だけだ」

「円香先輩じゃなくて？」

「あいつは、俺にとって女じゃない」

「じゃあ……円香先輩と私、どっちが大切？」

哀願するようにそう訊ねた美華に、和馬は一瞬言葉を詰まらせた。

「なんて、円香先輩に決まってるのにね」

美華は目に涙を浮かべながら俯く。

和馬は抱き締める腕に力をこめた。

「おまえが一番大事だよ」

「嬉しい、和馬さん。今夜も一緒に過ごせる？」

「ああ、もちろんだ」

美華は和馬の背中に回した腕に、ギュッと力を入れた。

「それじゃあ、和馬さん、仕事帰りにいつものお店で待ってるわね」

美華は微笑みながら和馬に軽くキスをして、倉庫を出た。

5

円香は、張り切って結婚記念日の準備をしていた。

メニューは和馬の好物のラムの香草焼き、鱈《たら》のフレンチソースかけ、サーモンのサラダに、ガーリックトースト、卵とハムのキッシュ、そしてケーキ。

「……どう考えても、作りすぎよね」

円香は自らが作った料理のボリュームに思わず笑って、肩をすくめる。

スマホがピコンと音を立てたので、確認すると美華からメッセージが入っていた。

『円香先輩、結婚記念日おめでとうございます。和馬さん、最近、忙しいみたいだから、ついつい結婚記念日のこと忘れてるみたいだけど、逆に家に帰ってから驚かせてあげたら、感激すると思いますよ〜。今夜はラブラブですね』

「そっか、やっぱり、忙しいんだ」

それなら、忘れているかもしれない。

ありがとう、と美華に返事をしてると、

「ママ、今日はお誕生日なの？」

亜美はケーキを見ながら、弾むように訊ねた。

「ううん、今日はね、結婚記念日って言うんだよ。パパとママが結婚した日なの」

ふぅん、と亜美はよく分からない様子で頷いた。

「はい、味見して」

円香は生クリームのついたスプーンを亜美の前に差し出した。亜美はスプーンをペロッと舐め、「美味しい」と屈託ない笑顔を見せる。

「苺を載せるの、亜美も手伝ってね」

うん、と亜美は張り切って、苺を手にする。

時計の針は、午後七時半を過ぎていた。

「ママ、お腹空いたよ～」

亜美はテーブルに顎を乗せて、頬を膨らませていた。

「うん……」

去年は定時に切り上げて、七時過ぎには家に帰ってきてくれてた。

やはり、忘れているのだろうか？

『結婚記念日だから早く帰って来て』とは言いたくない。

自分で思い出してほしい。

円香はひとつ息をついて、亜美を見た。

「それじゃあ、亜美だけでも、先に食べちゃおうか」

円香はそう言って立ち上がり、亜美の食事の支度を始めた。


午後十時をすぎても和馬が帰って来る気配はなかった。

円香はダイニングテーブルに頬杖をつき、息をつく。

亜美も先に寝てしまった。

今日もいつも通りの時間なのだろう。ということは、十一時半頃。

「仕事なんだから仕方ないよね」

円香は、グリルの中や鍋の中にスタンバイされた料理を虚しく見詰めた。

「もう、十二時になる」

いつもならば遅くても十一時半には帰って来ているのに今日に限って、もう十二時近くなろうというのに連絡の一つもなかった。

さすがに痺れを切らしてメッセージを送ったが、既読にならない。

円香は落ち着きなく座ったり立ったりし、和馬に何度か電話をかけたが、圏外のため通じなかった。

連絡もなく飲みに行って盛り上がり、タクシーで真夜中に帰って来るということは、ごくたまにあった。

だけど、今日は結婚記念日なのに……。

よりにもよって、記念日に飲みに行かなくたって。

円香は苦笑を浮かべ、窓際に立った。

カーテンを少し開けると、空には美しい月が見えた。

「綺麗な月……」

ぽつりと洩らして、目を細める。

かみ合わない夫婦仲に、一人で迎える結婚記念日。

時計を見ると、十二時を過ぎていた。

結婚記念日も過ぎてしまった。

円香はソファーに腰を下ろしてスマホを確認するが、既読にはなっていない。

もう一度、電話をかけてみたが、変わらず圏外だった。

円香は再びメッセージを入れた。

後で、きっと確認してくれるだろう。

そのまま、なんとなく楓とのメッセージのやりとりを眺める。

『今夜の月は、とても大きく見えるね』

思わず、そんなメッセージを送信し、すぐに後悔した。

「こんな返答に困るメッセージ送って、何考えているんだろう……」

円香が頭をもたげていると、すぐに返事が届いた。

『ほんとだ、とても良い月夜ですね。ちょうど勉強が一段落したところだったので、気晴らしになりました。ありがとうございます』

「本当に、気遣いの塊《かたまり》ですか……」

スマホを手にしみじみとつぶやいていると、

『円香さん、何かありましたか？』

その一文に、円香は動きを止めた。

こんな遅くに、意味のないメッセージを送ったことで、何かを察したのだろう。

『ううん、何もないよ。夜遅くにごめんね。おやすみなさい』

もう一度月を眺めると、さっきほど大きくは見えなかった。

「そっか、さっきは目に涙が溜まっていたから、大きく見えたんだ……」

もしかしたら、楓はそのことを察したのかもしれない。

『おやすみなさい』

と、楓から返事が届く。

じんわりと胸が熱くなった。

彼の他愛もない一言で、こんなにも救われる。

円香は再び窓際に立ち、美しい月を眺めた。

## 6

「そろそろかな」

美華は、ベッドで大の字になって眠る和馬に視線を送る。

知らずに睡眠導入剤入りのビールを飲んだ和馬は、死んだように眠り続けていた。

和馬のスーツに自分の香水を吹きかけ、勝手に切っていたスマホの電源を入れる。

そして時計に目をやった。

五時四十分……良い頃合いだ。

美華は和馬の体を揺すり、切迫したような声を出す。

「和馬さん、和馬さん、大変！　私たちつい寝ちゃってたみたい」

和馬は、頭が痛むのか、唸りながら額を押さえ、目を開けた。

「もう朝になってたのよ、大変！」

なんだって？　と和馬は飛び起きて、時間を確認した。

「ごめんなさい、私ったらつい寝ちゃって」

「大変だ、帰らないと」

和馬は慌ててベッドから降りて、なりふり構わず服を着る。

焦りのあまり、シャツが裏表逆になっていることも気付かずにいる和馬の様子に、美華は気付かれぬように口に手を当てて肩を震わせた。

和馬はホテルを飛び出し、タクシーに乗り込んで、スマホを確認した。

円香からの着信とメッセージに息を呑んだ。

『今日は、早く帰ってこられますか？』

『結婚記念日だから家族揃って食事をしたかったんだけど、帰りは何時くらいになりそう？』

『今日もいつもの時間になるのかな？』

『返事がないから、心配です。今日はあなたの好物ばかり作ったよ。早く帰ってきてね』

『もう十一時半を過ぎたのに連絡もないなんて心配です』

『事故とかだったらどうしよう、連絡して』

和馬は、円香からのメッセージを確認し、額に手を当てる。

結婚記念日だったのか。

すっかり忘れていた。

きっと円香は料理に腕を振るい、俺が帰るのをずっと待っていたんだろう。

そんな健気な円香の姿を想像すると、さすがに罪悪感が襲い、和馬はクシャクシャと頭をかく。

円香の心中を察し、自分のしたことを思い、和馬はハーッと息を吐き出す。

家に着き、重い足取りで玄関のドアを開けリビングに入ると、ソファーの上で眠る円香の姿が目に入った。

テーブルの上にはキャンドルがセットされていて、キッチンには出せず仕舞いに終わったご馳走が見える。

円香は物音で、うーんと唸り、そっと目を開けた。

「今、帰りなの？」

目を擦《こす》りながら低い声でそう訊ねた円香に、和馬はすまなそうに目を細めた。

「悪かった。どうしても抜けられない接待が入って……取引先の部長がタチが悪くて、こんな時間まで帰してくれなくて」

「それにしたって、電話くらいくれたって」

「スマホを会社に忘れてて……会社の近くで飲んでたから、会社に取りに行ってから帰って来たんだ」

和馬はたどたどしく言い訳をしたあと、

「とりあえず、シャワーを浴びるよ」

そそくさとバスルームに向かった。

和馬がリビングから逃げるように姿を消したあと、円香はゆっくりと身体を起こし、彼が脱ぎ捨てたジャケットを手に取った。

その瞬間、むせるような香水の匂いが立ち込め、円香は露骨に顔をしかめた。

女の子のいる店に行ってたとしても、どれだけ接近したらこんなに匂いがつくのだろう？

円香は込み上げる怒りに任せ、脱衣所に向かった。

脱衣所のドアを開けると、服を脱ごうとしていた和馬は体をびくんとさせる。

「結婚記念日に女の子のいる店で楽しんできたみたいだね。このジャケット、自分でクリーニングに出してきて。香水臭くて持っていられない」

「ま、円香」

ばつが悪そうな声を出す和馬を無視して踵を返す。ふと見ると、和馬のインナーシャツの裏表が逆になっているのが目についた。

パッと見た時は、何か違和感を感じただけで気付かなかった。

その時は、それ以上会話をしたくはないと、脱衣所を出て、ソファーに腰を掛ける。

ああ、もう、最低の結婚記念日！

円香は額を押さえて、くしゃくしゃと頭をかいた。

シャワーを浴び終えた和馬は、まだ早い時間にもかかわらず、家を出て行った。

円香は亜美が起きて来るまでの時間、ソファーに座り、ぼーっとしながら、和馬の姿を思い返していた。

間違いない。シャツが裏表逆だった。

朝、円香がシャツから靴下までを用意する。

シャツが裏返しのまま出すことなどない。

「それじゃあ……和馬はシャツを脱いだということ？」

不吉な予感に、円香はかぶりを振った。

そしてリビングに顔を出した亜美に朝食を摂らせ、制服を着せる。

いつも通りの朝。

浮かんできた疑惑に心は晴れないものの、亜美の笑顔には救われるものがあった。

「さっ、バス停まで行こうか」

その言葉に亜美は「うん！」と元気に返事をする。

この重い心も楓くんとすれ違うことができたら、少しは晴れるのだろうか？

外に出てバス停に向かって歩き出すと、いつもの高校生たちの姿が見えてきた。だが、そこに楓の姿はない。

「あれぇ？　楓ちゃんは？」

亜美がストレートに訊ねる。

「広瀬……いや、楓ちゃんは、遅刻だって」

「亜美ちゃん、バイバイ」

と彼らは手を振ってくれる。

亜美も手を振り返しながらキョトンとして、円香を見上げた。

「ママ、ちこくってなぁに？」

「遅れちゃうことだよ」

バス停で亜美を幼稚園バスに乗せたあと、円香は主婦仲間との談笑もそこそこに、家へ向かって歩く。

「円香さん」

背後で声がして、円香は驚いて振り返る。

そこには楓の姿があった。

「楓くん、どうしたの？　遅刻だって聞いたけど」

動揺しながら訊ねると、楓は柔らかく微笑んだ。

「家に忘れ物をして、取りに帰ってたんですよ」

「急がなくていいの？」

「学校には遅刻するって連絡したし、今テスト前でほとんどの授業が自習なんです。だから、どうせならのんびり行こうと思って」

「そうだったんだ。体調でも崩したのかと心配しちゃった」

円香は少しホッとして、笑みを見せた。

二人が公園内を横切ろうとしたとき、

「せっかくいい天気だから、少し休みませんか？」

と、楓はゆっくりベンチに腰をかけた。

うん、と円香は小さく笑みを浮かべ、隣に座った。

楓は鞄から缶コーヒーを取り出して、「良かったらどうぞ」と差し出す。

円香は缶コーヒーを受け取り、ありがとう、と口角を上げた。

「大丈夫ですか？」

心配そうな口調に、円香は戸惑いながら視線を合わせる。

楓は自分の目尻に人差し指を当てた。

「腫《は》れてますよ」

円香は恥ずかしくなって、俯いた。

「やっぱり昨夜、何かあったんですよね？」

円香は曖昧に頷きながら、コーヒーの蓋を開けて、口に運ぶ。缶コーヒー特有の甘さが口の中に広がり、それが染み渡るほどに美味しく感じられた。

「いつも気遣ってくれてありがとう。私と楓くんって、いくつ違うのかな？」

「十四ですね」

即答する楓に、円香は思わず笑った。

「十四かぁ……私が中学二年生のときに楓くんが生まれたんだ。不思議な感じだね」

「そうですね」

「楓くんは十四も年下なのに、私よりずっと知識があって寛容で視野が広くて、大人だよね。私は三十一年間も何をやってきたんだろう……」

円香は空を仰ぎ、やりきれなさに唇を噛んだ。

「僕は、何もやってきてませんよ。頭でっかちが故に動きの取れない……赤ちゃんと同じです」

皮肉めいた笑いを浮かべて、楓はそう言う。

「そうやって、冷静に自己分析しちゃうところも楓くんらしい」

ふふっ、と笑って、円香は楓を見た。

「そうだ。こんな私でも、楓くんに教えてあげられることがひとつだけある」

なんでしょう、と楓は視線を合わせる。

「それはね、女心について」

いたずらっぽく笑って人差し指を立てた円香に、楓は頬を緩ませた。

「ああ、それは確かに管轄外ですね」

「でしょう？　後学のために聞いてね。女は、いくつになっても『女の子でいたい』って部分が少しだけあったりするの。あ、ごめん。これは個人の意見かも」

自嘲気味に笑って、円香は話を続ける。

「三十代になっても四十代になっても、いつでも愛情表現されたいし、放っておかれるのは嫌だし、子どもを産んで、歳をとって世間からはオバサンと言われるようになっても、愛する人だけには、そんな扱いはしてもらいたくない」

遠くを見ながらそう話す円香の横顔を、楓は黙って聞いていた。

「そして記念日はできれば忘れてほしくない。忘れた振りをしていても、ちゃんと覚えていて……そんなの面倒だと思っていても、ちゃんと付き合ってくれて、なるべく早く帰ってきて……」

そこまで話したとき、円香の目に涙が滲んだ。

「円香さん……」

ごめんなさい、と円香は目頭を指先で押さえる。

「もしかして、昨日が記念日だったんですか?」

そう問われて、円香はそっと首を縦に振る。

「あの時間にメッセージをくれたというのは、十二時過ぎても旦那さんは帰ってこなかったんですよね?」

「帰ってきたのは朝で……彼は仕事だって言ったけど、シャツが裏表逆だった……一度、服を脱いだみたい。彼は結婚記念日に……他の誰かと……」

何言ってるんだろう、こんな高校生の男の子の前で……。

そう思いながらも涙が溢《あふ》れてきそうになり、手で顔を覆《おお》った。

楓はおもむろに制服のジャケットを脱ぎ、円香に背を向けた。

「楓くん?」

突然、背中を向けられ、円香は戸惑いながら顔を上げる。

あの、と楓が静かに話し始める。

「胸を貸すわけにはいかない気がするので、僕の背中で良ければ……」

円香は目を見開いたあと、もう、と小さく笑う。

そんな気遣いはいらないよ、ありがとう。そう言おうとした。

だが、その背中から優しさが滲み出ているようで、胸が詰まる。
躊躇いながらも、円香はそっと楓の背中に額を当てた。
その瞬間、今まで押しこめてきたものが、決壊する。
うっ、と呻き声が洩れるも、円香はすぐに声を殺して、涙を流した。
昨日の夜、彼はきっと女の人と過ごしたんだ。
自分がずっと待っている間、他の女性と……。
それは接待の一環の商売の女の人なのか、それとも違う特定の誰かなのか。
もう、嫌だ。
一人で悩んで、がんばっている毎日。
これじゃあ、夫婦とはいえない。
今の心の支えは、少なからず和馬ではない。
大きな背中に寄り添いながら、ギュッと拳を握り締める。
今、自分を支える一番の存在は、他の誰でもない。
この、高校生の男の子だなんて……。
頬から伝わる楓の体温が心地よく、重苦しい気持ちが緩和されるような気がした。
少年だとばかり思っていた彼の背中や肩は、とても大きくガッチリしていた。

彼は背中にもたれ、声を殺して泣く自分を黙って受け止めてくれている。

愛しい、と思った。この背中に頬を寄せ、いつまでもこうしていたかった。

だけど、これ以上はいけない、と円香はそっと離れる。

「ごめんなさい、そしてありがとう……」

俯いてそう告げると、楓は振り返り、いいえ、と首を横に振った。

「あっ、ワイシャツ、涙で濡らしちゃったね、本当にごめんなさい」

涙に濡れたシャツを見て、円香は慌ててポケットからハンカチを取り出す。

「いえ、いいんです、そんなのは。ジャケットを着ますし」

楓はそう言ってジャケットを羽織り、ほらね、と微笑む。

「本当にありがとう。おかげで、少し心が軽くなった」

円香がはにかむと、楓は目をそらし、拳を握り締めた。

「あの、惑わせるようなメッセージを送ってくる人には……」

そこまで言って、楓は口を閉ざす。

「すみません、なんでもないです。それじゃあそろそろ」

うん、と二人は腰を上げて、歩き出す。

公園を出て、歩道を並んで歩きながら、円香は奇妙な感覚に襲われた。

こんなに身長差があったんだ。

そういえば、思った以上に背中も大きかった、と円香は横目で楓を見る。

その背中に寄り添って、泣きじゃくったことを思い出し、頬が熱くなった。

『……胸を貸すわけにはいかない気がするので……僕の背中で良ければ……』

あの時の楓の言葉を思い出すと、切なくもなる。

その胸に……ためらうことなく思い切り飛び込める女の子が羨ましい。

だが、すぐに、何を考えているのだろう、と円香は俯く。

自分は大人で、彼は少年。あくまで『推し』だ。

妄想は自由だと言うのは、触れ合えない存在に限定したことだろう。

過ぎた考えは控えなくてはならない。

円香は自分を戒め、あらためて楓を見た。

涼やかな横顔が、眩しいほどだ。

——十七歳は、少年の純粋さと大人の魅力が見え隠れする、最も美しく輝かしい時なのかもしれない。それが眩しくて、目眩《めまい》がしているだけ。

この気持ちは、愛でも恋でもない。

この子に恋をしているわけじゃない。

円香は何度も頭の中でそう反芻《はんすう》し、そっと唇を噛む。

家の前まで来て、楓は心配そうに円香を見下ろした。

「何かあったら、メッセージくださいね。どんなに遅くても構いませんから」

前のめりになるほど真剣な様子に、円香は思わずのけ反った。

「ありがとう。でも楓くん、優しすぎる。どうしてそんなに優しいの？」

それは、深い意味のない質問だった。だが、楓にとって予想もしなかったようで戸惑ったように口に手を当てる。

「どうして……なのかな？」

ややあって、楓は弱ったように言う。

「すみません、それは宿題にさせてください」

「あ、そんな。なんとなく聞いただけだから」

思った以上に真剣に受け取られて、円香は急に申し訳なくなる。

それじゃあ、と楓は会釈して、歩き出した。

「ありがとう……」

円香はその背中を見送りながら、静かにつぶやいた。

# 第七章　発覚

## 1

和馬はシャツを裏返して着ていただけで、浮気をしたという確証はない。

円香はもやもやしながらも問い詰めることもできず、ぎこちない時間を過ごしていた。

平日の午前中、いつものように亜美を送り出し、部屋の掃除をしていると郵便配達員が家のポストに手紙を入れる姿が窓から確認できた。

掃除の手を休めて、玄関先のポストに向かう。

DMらしき白い封筒には『ホテル・ラブキャッスル』と印字されていた。どこか手作り感が漂っている。中に何か入っているようだ。

不審に思いながら家に入り、封を開ける。中には和馬の免許証と指輪があった。

『この度は、当ホテルをご利用頂き、誠にありがとうございます。お忘れ物がございましたので、免許証を元に郵送させて頂きます。またのご利用、心よりお待ちしております。

ホテル・ラブキャッスル』

自然と息が荒くなる。震える手で指輪を確認すると、間違いなく結婚指輪だった。
円香はその場にぺたんと座り込んだ。
ついに、決定的なものとなってしまった。
あの日、彼は浮気をしていた。誰かと寝ていたのだ。
どうしよう、と口に手を当てる。
気持ちを落ち着けようとソファーに座り、和馬に電話をしようかとスマホを手にした。
震える指で何度も電話をかけようとしながらも、途中で断念する。
今話して、どうなると言うんだろう。
問い詰めて、どうなると言うのだろう。
何かの間違いだと、心のどこかで思いたかった。

2

楓は今、まさに中間テスト最終日を迎えていた。
クラスメートたちが少ない休憩時間を利用して、必死で参考書を開く傍ら、楓は勉強とは関係のない本に目を通していた。

そんな楓の姿を見た、布施がからかうように笑う。

「おっ、広瀬博士が休憩時間にお勉強なんて珍しいですね。いつもは『今さら参考書開いてなんになるんだ？』って涼しい顔してらっしゃるのに」

そう言いながら、楓が試験勉強とは関係のない本を読んでいることに気付き、驚いた顔になる。

「って、おい、広瀬、何読んでるんだ？」

本の表紙を確認した布施は、やだ、とわざとらしく口に手を当てて身震いする。

「広瀬クンったら、法律関係の御本をお読みになっているんですか？」

布施の茶化すような態度にも、楓は眉ひとつ動かさず平静な表情で「ああ」と頷いた。

「今は、国家試験じゃなくて中間テストの最中だぜ？　そんなの読んでたら、せっかく覚えた公式が、遠くへ消え去るぞ」

「ちょっと個人的に調べたいことがあったんだ」

楓はさらりと言って、本を閉じる。

「さすが、将来の弁護士。試験前に個人的興味を満たすなんて、やることが違うねぇ」

「まったく、うるさいな」

楓が一瞥をくれると、布施はいひひと笑う。だがすぐに真顔に訊ねた。

「もしかして前に言ってた親戚の人の……『ショックを受けるであろう事実』が発覚したとか？」

相変わらず敏感な布施を前に、まぁ、と楓は苦笑した。

「……薄々気付き始めているけど、発覚まではいっていない」

「同情もほどほどにな、勉強に差し支えるぞ」

同情？　と、楓は視線を合わせる。

「彼女が苦しむのが、可哀相なんだろ？」

当たり前のように言われ、楓は言葉を詰まらせた。

同情なんだろうか？　苦しむ姿を見るのが、可哀相なだけなのだろうか？

「可哀相……というか」

楓は目を伏せながらポツリと洩らす。

「うん？」

「発覚するのが、少し怖い」

怖い？　と布施は怪訝そうに小首を傾げた。

3

和馬は仕事をしながらも、嫌な予感が拭いきれずにいた。

うなじにつけられたキスマークに続き、スーツにつけられていたむせる程の香水の匂い。

まるで円香に対するアピールとしか思えない。

そして、昨日の様子。

美華は、円香にメッセージを送るのをまるで阻止するかのように、すぐさまホテルに入りたいと言っていた。

もしかしたら、結婚記念日と知っての行動だったのだろうか？

そして行為の前にあんなことを言い出したのも、はじめてだった……。

『和馬さん、お願い……指輪を外して』

分かったよ、と和馬は指輪を外し、ベッドヘッドボードに置いた。

美華がそんなことを頼んだことは、今まで一度もなかったのだ。

翌朝、大急ぎでホテルを出てきた結果……。

和馬は何もつけていない左手薬指を見て、苦虫を噛み潰したような顔を見せた。

指輪をホテルに忘れてきてしまうなんて……。

参った、と額に手を当てる。

重苦しい気持ちを抱えていると、美華からメッセージが入った。

『今日もいつものカフェで待ってます』

メッセージを見た和馬は、弱りきった顔で大きく息をついた。

4

仕事が終わり、いつものようにカフェで待っていた美華は、和馬の姿を見かけるなり、笑顔で手を振った。

「お疲れ様、和馬さん」

「待たせたね。行こうか」

和馬は、美華と目を合わすことができないまま歩き出す。

二人はそのまま居酒屋に入り、とりあえずビールを飲んだ。

「仕事が終わった後のビールは最高ね」

グイッとジョッキを口に運んだあと、たまらない、と美華は目を細める。

「専業主婦にはこういう気分を味わえないのかしら」

「どうだろうな。そもそもうちの奴はそんなに飲むタイプではないし」

「うちの奴かぁ……」

その言葉に美華は、冷ややかに目を細める。

「あ、悪い」

和馬は頭を下げて、目を伏せた。

「……ううん。ただのクセだものね。でも心はちがうものね。円香先輩より、私の方を想っていてくれているのよね？」

目をそらさずに訊ねる美華を前に、和馬は息を呑んだ。

「え……あ……いや」

「円香先輩にはもう愛情はないのよね？　和馬さんが愛しているのは、私なのよね？」

和馬は額に滲む汗をおしぼりで押さえる。

実際、何度も口にしてきたことだ。円香にはもう愛情はない。結婚しているから一緒に過ごしているだけだ。好きなのは美華だと……。

その時の言葉は、決して嘘ではない。

しかし心底の本気で言っていたわけでもないのが、正直なところだった。

この場面で、『嘘ではないけれど、本気ではないよ』と言えるわけがなく、和馬はためらいながらも曖昧に頷く。

すると美華は明るい表情で、わあ、と両手を合わせた。

「嬉しい、和馬さん。私、がんばるわ」

何をがんばると言うのか。和馬は背筋が寒くなるような気がした。

それでも美華といつものようにホテルに行き、肌を重ねる。

行為を終えて、ベッドでまどろんでいると、美華はおもむろにベッドから離れ、スマホを手にした。

5

亜美を寝かせ終えた円香は、ソファーに座って和馬の帰りを待っていた。

溜息をつき、テーブルの上に無造作に置かれた結婚指輪に視線を落とす。

呼吸が苦しくなるような気がして、ギュッと目を閉じた。

駄目だ。

今夜こそ逃げずに話し合おう。

あの夜は部長の接待と言っていた。

その時、彼が一夜の間違いを犯したとしたら、それは許せることではない。

けれど、お互いに何か問題があるに違いない。

ちゃんと話し合わなければ……。

スマホが振動し、円香の体がびくんと震える。

着信を確認すると、美華からだった。

円香は思わず立ち上がり、電話に出た。

『……円香先輩？　私、美華です』

「美華ちゃん、こんばんは。こんな時間に電話なんて、珍しいね。何かあった？」

『――和馬さん、帰っていないでしょう？』

「うん、まだだよ。いつも遅くて。だから気にしないで」

ちょうど良い。この前の接待について、それとなく美華に訊いてみようか。

だが、次の瞬間、『美華、誰に電話してんだよ！』と和馬の声が聞こえてきた。

円香は何が起こったのか理解できずにいた。

『円香先輩、私ね、今、和馬さんと……あなたの旦那さんと一緒にいるの。遅くなる時はいつも一緒よ。今もホテルなの。この前は、結婚記念日だって……』

そこで電話が切れた。

円香は呆然と立ち尽くし、スマホを見詰める。

……どういうことだろう？

心臓がバクバクと激しく音を立てる。

「和馬は……美華ちゃんと浮気をしているの？」

どういうことだろう、いつも二人は一緒だと言っていた。それじゃあ、今まで遅かったのは、彼女といたせいだということだろうか。

結婚記念日に帰ってこなかったのも、接待じゃなくて、彼女と一緒だったのだ。

そして、今もホテルにいる。

混乱の中、息が苦しくなってきた。

「嘘、嘘でしょう、嘘でしょう？」

目から涙が溢れ、全身がガクガクと震えてくる。

立ってはいられず、床に手と膝をついた。

「どうしよう……、どうしよう……どうしたらいいんだろう」

円香は震えながらも、額を押さえたり顔を触ったりして、落ち着こうとした。

胸に拳を当てながら、ソファーに額を当てる。

『円香は俺の理想なんだ。かわいくて、優しくて、料理も上手。円香と結婚したい』

『泣かせるようなことはしない、一生大切にするよ』

円香の脳裏に、結婚前の和馬の言葉がぐるぐる駆け巡った。

『あらたまって言うのも恥ずかしいけど、愛してる。妊娠、嬉しいよ』

「嘘つき、大嘘つき……」

溢れるように涙が流れた。

和馬と美華が抱き合っている姿を想像した円香は、ソファーの上のクッションを手にし、何度も叩きつける。

無言電話や弁当のおかずを捨てたメッセージのことを思い出し、あれは美華の嫌がらせだったと確信した。

「それじゃあ……いつからの関係なの？」

今この時まで、自分は二人の関係に気付きもしなかった。

夫を信じて、虐げられても、家庭を顧みなくても、感謝しようとがんばっていた。

美華は、夫と浮気を続けながら、平気でメッセージを送ってきていたのだ。

二人で嘲笑っていたのだろうか？

円香は、クッションに顔を押し付けた。

6

和馬は美華からスマホを奪い取り、思わず頬を平手打ちした。

「なんてことするんだよ！」

美華は叩かれて赤くなった頬に掌を当てながらも笑みを浮かべる。

「きっかけを作ってあげたんじゃない」

「なんだって……？」

「あなたは奥さんを愛してない。私の方がいいんでしょう？」

顔を近付けて言う美華に、和馬は背筋がゾクリと冷え、後退りした。

「美華……、結婚なんて考えていないって」

「あれは、強がり。そのくらい分かっていたでしょう？」

「だからと言って、これはあまりにもルール違反だろ」

「え、何言ってるの？　冷静に考えて不倫にルールとかある？」

「美華……」

「和馬さん、ここでいくら私を責めても遅いわよ。賽《さい》は振られた。もう進むしかないの。

なるべく早く離婚できるといいわね。私も三十になるまでに婚約できたら嬉しいわ」

　美華はそう言ってにこりと微笑む。

「そんな簡単なものじゃないだろ、亜美だっているんだぞ？」

「そんなことは分かってる。けど、でも仕方ないわよ。もう、後戻りはできないんだし。言ったでしょう？　覚悟を決めたって」

「美華……俺が悪かったよ、軽率だった。俺は今の生活を失いたくない」

「そんな言葉聞こえない」

　美華は肩をすくめて、床に散らばった服を手にする。

「先に帰るわ。もし、あなたが私を捨てようとしたら、ぜーんぶ会社にバラすから。今の地位まで失いたくないでしょう？」

　美華は手際よく帰り支度をし、和馬の方を向いた。

「それじゃあ、おやすみなさい」

　ぱちっ、とウインクをし、ひらひらと手を振って、部屋を出て行く。

　和馬はベッドに腰を掛けたまま動けずにいた。

# 7

時間が経つにつれ、円香の混乱は落ち着いてきた。

だが、何もする気にはなれず、リビングのソファーに横たわっている。

和馬は帰ってくるのだろうか。帰ってきたら、何を話すのだろう。

いっそ、ドアにチェーンをかけて締め出そうか。そうしたら彼は喜んで美華の元に行くのだろうか。亜美を連れて実家に帰ろうか。いや、親に心配をかけたくない。

そんなふうに逡巡し、そして和馬と顔を合わせたくない、と目を瞑る。

その時、玄関のドアが開く音が耳に届き、円香の心臓が強く音を立てた。

帰ってきた。そう思うと、指先が震えるほどに動揺する。

彼がリビングに着く前に、キッチンへ走り食事の支度を始めた。

こんなことがあって食事の支度をするのは悔しかったが、またしないのも悔しかった。

何より、何かしていないといられない気分だった。

和馬は、リビングに顔を出した。

引きつったような笑みを浮かべてる。

体の中心から怒りがこみ上げてきたが、和馬の顔を見ないようにし、お帰りなさい、の言葉も発しなかった。

和馬はいそいそとスーツの上着をハンガーにかける。

いつもはソファーに投げ捨てるのに、やましいことがあるからハンガーにかけているのだろう。そう思うと、さらに怒りがこみ上げる。

「あ……さっきの電話は誤解するなよ。会社にいて城崎が悪ふざけをしたんだ」

この期に及んで、見苦しい言い訳をする和馬に、円香の怒りは頂点に達した。

「見え透いたバカな言い訳しないで！」

円香がそう叫ぶと、和馬は驚いたように直立する。

知り合ってから、円香がこんなふうに声を上げたのは、初めてのことだった。

「さっきまでホテルにいたんでしょう？　毎日、遅くなっていたのは仕事じゃなくて、彼女と一緒だったんでしょう？　二人で私のことを笑っていたんでしょう？」

目を剥き一気にまくし立てる円香に、和馬は気圧されながら手をかざした。

「円香……落ち着けよ」

「落ち着いてなんかいられない。結婚記念日だって彼女と一緒だったんだよね？　ご大層に指輪と免許証を忘たようで、ホテルからご丁寧に届いたから」

円香はキッチンを出て、ダイニングテーブルの上に置いてある指輪と免許証を見せた。

「これは、その……」

「まだ何か言い訳をしようとしてるの？」

「話し合おう、円香」

「何を話し合うの？」

大きな声に目を覚ましたのか、亜美がリビングに姿を現した。

「ママ～、どうしたの？」

亜美は目を擦りながら訊ねる。

「いいから、亜美は寝てなさい！」

円香が剣幕のまま叫ぶと、亜美は目を見開いたあと、わぁぁあん、と泣き出した。

「お、おい、円香、亜美にあたるなよ、可哀相に。亜美、大丈夫だよ」

和馬は亜美を抱き上げようと手を伸ばした。

「やめて、その汚い手で亜美を触らないで！」

円香は和馬を押しのけ、亜美を抱き締める。

「ごめんね、亜美。ママ、怖いママになっててごめんね。ごめんね」

円香はそう言って亜美を強く抱き締めたまま、涙を流した。

罵られた和馬は唇を噛み締め、逃げるようにリビングを出て二階へと向かった。

「汚いって……」

8

その夜、円香はソファーに横になった。

一晩中寝た気がしなかったが、いつの間にか眠っていたらしい。

朝起きると和馬の姿はなかった。

亜美は起きるなり「パパ、いないね」と部屋を見回しながら言う。

「うん、今日は早く行ったみたいね」

円香はなるべく平静を装いながら答えると、

「夜、喧嘩したから早く行ったの？」

亜美は心配そうな目を見せた。

「……亜美、ほら、朝御飯食べようね」

円香は話題を変えて、亜美の背を撫でる。

亜美をバス停に送るため、家を出ると、いつものように楓たちの姿が見えた。

「ようやく中間テスト終わったな、広瀬は今回どうだった?」

「まあまあかな?」

「そう言いながら、またトップクラスなんだろ? お前、いつ勉強してるんだ?」

「広瀬もそうだし布施もそうだけど、勉強ができる奴は人並み外れて要領いいんだよ。できる奴は皆いつ勉強してるんだ? ってくらい余裕だよな」

友人たちは羨ましそうに肩をすくめる。

「そうでもないよ。しっかりがり勉してるから」

そう言う楓に、友人たちは「白鳥だな」と笑う。

いつもは、こんな学生らしい会話を耳にしては胸を弾ませていた。

しかし今日は、気分が晴れない。

亜美はいつものように、「バイバーイ」と元気に手を振る。

「バイバーイ、行ってきます、亜美ちゃん」

「幼稚園がんばってねー」

彼らも笑顔で振り返してくれていた。

円香は浮かない表情のまま、楓と目を合わせることもできず、なんとなく会釈をした。

9

家に戻った円香は、一切の家事をする気になれず、ソファーに横たわっていた。

常にズキズキと胸が痛み、喉が圧迫されるように息が苦しく、呼吸がしにくい。

はぁ……と重い溜息をついた時、スマホにメッセージが届いた。

虚ろな目でスマホを手に取り、確認する。

『朝、元気のない様子なので、心配になりました。何かありましたか?』

楓からのメッセージだった。

彼の思いやりが伝わってきて、ささくれていた心が癒される。

『心配してくれてありがとう。実はついに、発覚しちゃって』

普段なら送れないような内容も今はタガが外れているのか、そのまま送信した。だが、送ってすぐに後悔した。

きっと、引いたに違いない。

しばらくスマホを眺めていたが楓からの返信はなく、円香はスマホから目を離す。

何もせずにいたら、ずっと楓からの返信を待ってしまいそうだ。

やはり部屋の掃除をしようと、円香はゆっくりソファーから降りた。

楓からのメッセージの返信が届いたのは、正午前だった。

『法律的に奥さんは守られている立場にあるので、浮気相手を訴訟することをおすすめします。方法や証拠の集め方などメッセージでは伝えきれないので、まとめた書類をお渡しします』

そのメッセージに円香は目を丸くした。

「さすが弁護士の卵……」

まさか、こんなメッセージが返ってくるなんて……。

こんなドン底にいても明るい気分になれたことが、とてもありがたい。

そんなことを思っていると、インターホンが鳴った。

『あっ、すみません、広瀬です』と、楓の姿が画面に映る。

今はまだ、昼時だ。届けに来てくれるとしても夕方だと思っていた円香は、驚いて玄関の扉を開ける。彼は紙を挟んだクリアファイルを手にしていた。

「楓くん、学校は？」

「今、お昼休みで」

楓は額に汗を滲ませ、息を切らしながらそう言う。

「わざわざ、お昼休みに抜け出してくれたの？　あっ、どうぞ入って」

「いえ、これを渡しに来ただけなんで、ここでいいです」

そう言って楓はクリアファイルを差し出した。

戸惑いながら中を確認すると、楓が作成した『訴訟方法』『証拠になる物』と書かれた書類が入っている。

円香の目頭が熱くなった。

「円香さん、大丈夫ですか？　気をしっかり持ってくださいね」

心配そうな目でこちらを見る楓の姿に、円香は堪えきれずに涙を零した。

「……つらいですよね」

円香は、ううん、と首を横に振った。

「今涙が出たのは、楓くんがあんまり優しいから……」

優しさが沁みる。こんなに心配してくれて、ここまでしてくれるなんて。

楓の優しさに、涙が止まらなかった。

これ……、と弱ったように楓はハンカチを差し出した。

その手が震えていて、円香は不思議に思い、楓を見上げる。

「楓くん……？」

「ごめんなさい。僕は、薄々……気付いていたんです」

そうだったんだ、と円香は苦笑する。

「伝えるべきかどうか迷っていました。でも言えなくて……」

「それは、そうだよね。私もきっと言えないと思う。人の家のことにそこまで介入できないだろうし……」

「それもありますけど、できれば気付かずにいてほしいと思ってしまったんです。発覚してほしくないと。だから発覚してしまったと知って、僕もちょっと動揺してしまって」

楓は、自分の震える手を見ながら、弱ったようにしている。

彼の家庭は、幼い頃に一度壊れてしまった。

だから、身近に接した家庭が壊れていく様子を見たくなかったのかもしれない。

申し訳ないことをした、と円香の胸が痛む。

そうなのだ。

夫婦が醜くなり、家庭が壊れる時、誰より傷つくのは子どもなのだ。

大人たちの傷はいつか癒えるだろう。

だけど幼い子どもに付けられた傷は、人生に影響するほどに深いものになる。

円香は、もうすでに亜美を傷つけてしまっていた自分を恥じた。

「ありがとう、楓くん」

円香は目に涙を浮かべながら、楓を見上げた。

「いえ、そんな……僕にできることはこんなことくらいですが……」

ううん、と円香は首を振る。

この書類だけではない。

それ以上のものを今、彼から受け取った。

和馬が憎くて、美華が憎くて、やるせなくて悔しくて苦しくて、酷く醜い感情が自分を支配していた。

それが消えたわけではない。

でも、こんな時こそ自分が、母親であることを思い出さなくてはならなかった。

誰よりも、亜美が苦しむ。亜美には一生の傷になる。

こういう時こそ、しっかりしなければならない。

今も心配そうな様子の楓に、円香は笑みを見せた。

「本当にありがとう、大丈夫」

楓はホッとしたような表情を見せた。

「それじゃあ、午後の授業があるんで、学校に戻りますね」

「せっかくの休憩時間を潰させてしまってごめんね」

「いえ、そんな。いつでも力になりますから、何かあったらメッセージくださいね」

十四歳年下の男の子に、こんなにも勇気付けられた。自分が一人じゃなく、亜美がいるということを気付かせてくれた。

——ありがとう、楓くん。

この感情をなんて表現していいのか分からない。

でも一つだけ確かなのは、今のこの時、彼が何よりもの支えで、大切なことに気付かせてくれる、かけがえのない存在だということ。

どれだけ、この少年に教わるのだろう?

出会えた運命にお礼を言いたい気持ちで、円香は楓を見送った。

「そっか、これが『感謝』なんだ……」

楓が帰ったあと、円香はあらためて書類に目を通した。

簡潔に分かりやすくまとめており、今すぐにでも弁護士になれそうだ、と感心する。

しかし目に入って来た『訴訟』という文字に、円香は眉根を寄せた。

訴訟を起こすことはないだろう。

意地でも慈悲の心でもなく、亜美のために良くない気がしていた。

円香は息をついて、書類をテーブルの上に置いた。

しばし呆けたようにテーブルで頬杖をついていたが、壁掛け時計を見てハッとして顔を上げる。

「やだ、もう亜美を迎えに行かなきゃならない時間」

慌てて腰を上げた瞬間、『ピンポーン』とインターホンが鳴った。

はい、と確認する。同時に、『美華です』と画面に美華の姿が映し出された。

来た、と円香は息を呑んだ。

「ちょっと待って」

バクバクと鼓動が鳴る。

円香は震える手でスマホを取り、いつもバス停で一緒になるママ友達に電話をかけた。

「あっ、西沢です。ちょっと、急な用事で亜美を迎えにいけなくなってしまって、少しの間だけ、預かってもらえませんか?」

ママ友達とは、用事が入った時や具合が悪い時に、互いに子どもの面倒を見ることがしばしばあった。快く了解してくれた友人に、円香は礼を言って電話を切る。

深呼吸をしてリビングを出た。

玄関のドアを開けると、きっちりとメイクをし、上品なスーツを身に纏った美しい美華の姿があった。爪の先まで気合を入れている。

強張った美華の顔を見て、逆に円香の方は張り詰めていた気持ちが緩んだ。

「どうぞ」

言葉少なめに言って、円香は美華を家に招き入れる。

冷静に対応ができているのが、自分でも意外だった。もし、美華の顔を見たら半狂乱になるのではと思っていたからだ。

美華自身も覚悟をしていたのか、拍子抜けした様子で「お邪魔します」と少しばつが悪そうにしながら部屋に上がった。

彼女にソファーに座るよう促し、円香はキッチンに向かい紅茶の用意を始める。

夫の浮気相手にお茶の用意をするなんて……、そう思うと少し可笑しく感じた。

どうして、こんなに落ち着いているのだろう。いざ、こういう場面に直面した当事者というのは、意外にこんなものなのだろうか？

円香が紅茶の用意をしてリビングに戻ると、美華は青褪《あおざ》めているようだった。

「美華ちゃん？」

円香が近付くと、美華は勢いよく振り返る。

「私を訴えたければ、どうぞ、お好きに！　ずっと働いてきたんだもの、二百万やそこら痛くもないわ」

一般的に不倫の慰謝料は二百万円前後だという。

あまりの剣幕に円香は目を丸くするも、すぐに美華がテーブルの上の書類を見ていたことに気付き、口角を上げる。

「何がおかしいの？」

彼女の取り乱す姿が、さらに円香を冷静にさせた。

「ううん。これはお友達が作ってくれたもので、訴訟とかはまだ考えてない。私もあなたとちゃんと話したかったの」

円香は美華の向かい側に腰を下ろす。

「私も話があってきたの。和馬さんと別れてもらえませんか」

先手を取らねば、という雰囲気で美華は言う。

「美華ちゃんは、うちの夫……和馬といつから？」

「えっ？　そうね……一年くらいかしら」

「美華ちゃんは不倫をするようなタイプじゃないよね？　そんなあなたがどうして？」

それはあんたが……、と美華は言いかけ、口を噤んだ。

「──和馬さんをずっと好きだったからよ。あなたと結婚する前から」

「……………」

「和馬さんは、もう円香先輩を愛していない。それは円香さん自身も気付いてるでしょう？愛のない結婚を続けることほど、虚しいことはないと思うけど」

詰め寄る美華に、円香は動じもせずに視線を合わせた。

「うちには亜美がいる。そのことについてはどう考えるの？」

「円香さんが引き取るでしょう？　養育費は払うわよ」

「お金のことだけじゃない。和馬は、私はともかく、亜美のことをとても愛しているの。そして和馬の両親は、並々ならぬ愛情を亜美に注いでる。結婚は和馬一人とするわけじゃない。西沢の家と結びつくの。厳格な和馬の両親は、あなたを簡単には受け入れないと思うし、想像を絶する苦労があると思うわ。少なからず、祝福された結婚ではなくなる。そういうこともちゃんと考えている？」

美華は絶句し、大きく目を見開いた。

ややあって、バカ女のくせに、と舌打ちし、歪んだ笑みを見せる。

「すべては覚悟の上よ。どんな苦労だって覚悟してるわ。彼と結婚できるなら」

美華はそう言って拳を握り締める。手が震え、目を真っ赤に充血させた美華の様子に、円香は痛々しさすら感じ、小さく息をついた。

「……そう、美華ちゃんの気持ちは分かった」

円香が平静に頷くと、美華は堪え切れないように身を乗り出した。

「本当に愛情がないのね！　どうしてそんな平気な顔していられるのよ？」

美華はヒステリックにテーブルを叩き付ける。円香は何も答えずにいた。

「私は昔からあなたが大嫌いよ！　頭も要領も悪いくせに、男に甘えてすがって生きていくことしかできない、脳なしバカ女！　そんな女が結局美味しいところをかっさらっていくんだから、許せないのよ。今だって、余裕ぶってるだけなんでしょう？　その態度はなんなの。あえて見せる正妻の余裕ってやつ？　本性出して、醜く取り乱しなさいよ、私が憎いでしょう？　今の立場や家庭を失うことが怖いでしょう？　一人で生きていけないんでしょう？　どうして、そんな平気な顔しているのよ！」

美華は、取り乱して声を張り上げる。

これは、あの夜の自分の姿のようだ、と円香は目を細める。

少し前――そう、楓に会う前の自分なら、きっと美華のように取り乱していただろう。

「平気じゃない。悔しくて情けなくて、やりきれなくて、どうしようもない気持ちだった

「……でもね」

円香は息をつき、しっかりと美華を見詰めた。

「今の私は、自分のことだけでいられない。亜美を守らなきゃいけない」

そう言うと、美華は動きを止めた。

水を打ったような静けさが襲う。

美華は何か言おうとしながらも、口にすることができず、ただ拳を握り締めていた。

この時、円香はハッキリと感じ取った。

自分の心に楓の存在があるから、この場で冷静でいられることを……。

彼はこれからも側にいてくれるわけじゃない。人生を共にするわけじゃない。

でも、今この時、しっかりと自分の心の支えになってくれている。

『彼に恥じない自分でありたい』

そう思う気持ちこそが、今の自分を平静に保たせてくれている……。

「……美華ちゃん、今日はもういいでしょう？　亜美を迎えに行かなきゃならないから。

そのうちに和馬を含めて話し合いましょう」

美華は奥歯を噛みしめながら、「分かったわ」と立ち上がる。

力なく立ち去る、というのはこのことを言うのだろうか。

そう思わせるくらい、美華は肩を落として、家を出ていった。

結局、口をつけなかった紅茶に目を落とし、円香は食器を下げようと手を伸ばした。

その瞬間、急な吐き気に襲われ、口に手を当てる。堪えきれずに、キッチンに駆け込んだ。胸焼けがするようなこの感じには、どこか覚えがあった。

もしかして……と円香は咄嗟にカレンダーに目をやった。

「そういえば、遅れてる」

一度だけ身に覚えがあった。

ソファーで和馬と抱き合った夜のことだ。

「妊娠……したんだ」

待望の第二子だった。

「どうしよう。あんなに望んでいたのに……」

嬉しくないなんて……。

円香は腹部に手を当てながら、目に涙を浮かべた。

# 第八章　告白

## 1

和馬が帰って来たのは、亜美を寝かしつけてすぐだった。

いつもより、二時間早い。

「早かったね」

「あ……ああ」

和馬はびくびくした様子で答える。

円香はゆっくりと立ち上がり、キッチンの中に入って食事の支度を始める。和馬はいそいそとジャケットをハンガーにかけていた。

「今日、美華ちゃんが来たわ」

テーブルに食事を並べながら言う円香に、「えっ？」と和馬は弾かれたように振り返る。

「あいつが、なんて？」

「あなたと別れてほしい、いろんな覚悟はできてるって」

「あいつ、何を勝手なこと」

そう言って舌打ちをすると、円香は顔をしかめた。

「あなたが、彼女を責める権利なんてない」

ハッキリと言われて、和馬は口を噤んだ。

「あなたは彼女とのことをどう考えてるの?」

「もう別れたいよ。でも邪険にしたら会社にバラすって言うし八方塞《はっぽうふさ》がりなんだよ、俺だって弱ってるんだ」

和馬はやりきれないように、ハーッと息をついた。

そんな和馬の姿に、円香は言葉が出なかった。

自分のしたことを棚に上げて、何を言っているのだろう?

もしも彼女を愛していて、その想いを止められなかったが故の行動だったら、悔しくて苦しくて辛くても、人として和馬を許してしまったかもしれない。

実際、美華に『結婚前から好きだった』と聞かされ、心が震えたのだ。

でも、和馬はそうではなかった。ただ徒《いたずら》に自分勝手に起こした行動だったのだ。

今まで、自分はこの人を尊敬してきたのだろうか?

そしてこれからもこの人に寄り添って人生を共にして行くのだろうか？

……こんな考え、以前の自分ならしたのだろうか？

以前なら、きっとこんな男でも、自分を誤魔化して、すがりついていたかもしれない。

でも、今は違う自分になってしまったのだ。

「私、もうあなたを信じられない。これからも少し遅くなったら、本当に仕事でも浮気だと思いそうだし、ちょっと不審な行動があったら、また浮気かも、と疑って生きて行くと思う。そして思い出すたびに火が点いたように腹が立つし、それはいつまでも続くと思う。あなたもそんな私を心から愛していけるとは思わない」

穏やかな口調で冷静に言うと、円香？　と和馬は目を泳がせた。

「そんなふうに憎み合う夫婦なら……そんな家族なら離れてしまったほうがいいと思う。亜美にはちゃんと会わせてあげるつもりだし、あなたが浮気したのには、私にも少なからず原因があると思うから慰謝料はいらない。でも養育費だけは、父親としてちゃんとしてほしい」

淡々と言葉を続けていると、

「円香！」

話を遮るように和馬は叫んだ。

「……別れるつもりなのか？　たかが一回の浮気で？」

「回数の問題じゃないよね？　あなた、自分のしてきたことを分かってる？」

「嘘だろ、円香、俺は嫌だよ、そんな簡単に……大体、生活はどうするつもりなんだ？」

「とりあえず、実家に頭を下げて、しばらくお世話になりながら仕事を探すつもり」

迷いなく言う円香を前に、和馬の体は震えていた。

「嫌だ……嫌だよ、円香」

目に涙を浮かべて、円香の手を両手で握る。そのまますがるように膝をついた。

「何言ってるの？　これまでさんざん裏切ってきたんでしょう？」

「円香、ごめん、本当にごめん、謝るよ。この通りだ、俺が間違ってた」

和馬はそう言って手を離し、そのまま土下座する。

「やめて、そんなことしないで」

「お前がいくら嫌味を言っても、疑って文句を言ってもいい、だから離婚なんて言わないでくれよ」

震える手で、円香の足にすがりつく。

「――も、もう、やめて！」

円香は和馬の手を振り払い、リビングを後にした。

今さら何を言い出すというのか。

円香は寝室に飛び込み、穏やかに眠りにつく亜美の寝顔を見た。

きっと、ずっと和馬のことは許せない。

憎みながらの家族ならば、離れて良好な関係を持った方が良い。

亜美を守るためには、どうしたらいいんだろう。

そして、と円香はそっと腹部に手をあてる。

判定薬で妊娠は、ほぼ間違いないことが分かった。

この子のことはどうしたらいいのだろう……？

円香はこれからの不安に押し潰されそうになり、ベッドに顔を押し付けた。

2

翌日の朝、亜美を幼稚園に送り出した円香は、とりあえず実家に戻るための荷造りをしようと、段ボールの用意をしていた。

最低限の衣服をバッグに入れて、その他の荷物は配送にしよう。

ある程度の荷造りを終え、円香は体を伸ばす。

亜美が幼稚園から帰ってきたら、そのまま家を出よう。

「そうだ、楓くんにお礼とお別れのメッセージをしなきゃ」

円香はスマホを手に取り、メッセージを打ちこむ。

『楓くん、こんにちは。いろいろ考えた結果、とりあえず、実家に帰ろうと思いました。毎週、水曜のレッスンは毎日の生活の楽しみだったのに、それがなくなってしまうのはとても残念です。楓くんには本当に助けられて、どれだけ感謝の言葉を並べてもキリがないくらいです。あなたは絶対に素敵な弁護士さんになれると私は思っています。勉強に部活に、これからもがんばってね』

メッセージを送信し、円香は時計に目を向ける。十一時半を過ぎていた。

実家に連絡をした方が良いだろうか。

いや、心配してこっちに押しかけられる可能性がある。

何も言わずに帰ってしまう方が良いだろう。

親を悲しませてしまうけれど……。

両親は、和馬との結婚をとても喜んでいたのだ。

円香は、ふぅ、と息をつき、ソファーに横になる。

どうしようもなくだるいのは、気持ちの問題なのか、妊娠のせいなのか。もし、妊娠のことを話したら、両親はきっと離婚に猛反対するだろう。

和馬のことは、もう尊敬も信頼もできない。彼への感情は憎しみと軽蔑しかない。それなのに妊娠しているからといって、気持ちを押し殺して離婚を踏み留まるのも、何か違う気がする。

自分も自棄になっているだけなのだろうか？

考え込んでいると、『ピンポーン』とインターホンが鳴った。

円香はそっと立ち上がり、インターホンを確認せずに直接玄関のドアを開けた。

とても優しい子だから、心のどこかで、来てくれる気がしていたのだ。

円香は玄関前に立つ彼を見て、柔らかく微笑んだ。

「楓くん……」

「メッセージを見て……驚いて……」

息を切らしながらそう言う楓に、円香は目を細めた。

「もしかして走って来たの？　あっ、どうぞ入って」

円香はそう言ってドアを大きく開いて、楓を招き入れる。

お邪魔します、と楓はリビングに入るなり、段ボールやキャリーケースを見てゴクリと喉を鳴らした。

「本当に実家に帰るんですか？」

「うん、亜美が帰ってきたら」

円香は明るく言って、紅茶の用意を始める。

「それは、旦那さんを反省させるために？」

「ううん、離婚することにしたの。悔しいけどすぐに自立できるわけじゃないから、親に頭を下げて、しばらく実家のお世話なろうと思って」

「実家ってどこなんですか？」

「埼玉。楓くんとも会えなくなるね。あっ、本を返さないと」

円香は寂しい気持ちを押し殺して、紅茶をテーブルの上に置いた。

「どうして、そんなに簡単に離婚なんか……」

「簡単ではないよ。今まで夫を尊敬してきて、それが一気に崩されたのと……憎み合いながら無理やり夫婦を続けるより、離婚した方が亜美のためにもいいと思うし」

円香はそう言うと、今はもう何もつけていない左手の薬指に目を向ける。

「ですが、尊敬できなくなったとしても、旦那さんは今回のことで反省して変わってくれると思いますよ？　両親揃っている方が亜美ちゃんにとってもこれ以上なくいいことだと思います」

楓は必死になって言うも、困ったような表情を浮かべる円香を見て、俯《うつむ》いた。

「すみません……」

そんな、と円香は微笑む。

「楓くんはいつでも正しい。あなたの言うとおりだって、ちゃんと分かってる」

「僕は正論しか言えない男なんです」

楓はぽつりと言い、だけど、と続ける。

「僕自身が正しいわけじゃなく、言いたいことがあっても言わないだけなんです。いえ、言えないんです。いつも取り繕って生きてきたから、取り繕った正論しか言えないんです」

楓は俯いたまま、沈痛の面持ちを見せる。

物心つく頃、母親が自死し、唯一の親になった父は、恋人と再婚したいがために、彼を手放そうとした。

これまで、この子はどんな気持ちで、成長してきたのだろう？

母を亡くしてしまっただけでも大きなトラウマだろうに、父親に捨てられるかもしれない恐怖を心に抱きながら生きてきたのだ。

『いつも取り繕って生きてきた』

その言葉に重みを感じ、円香の胸がズキズキと痛んだ。

「楓くん……私のお願い、聞いてくれる？」

切なげに問いかけると、楓は何も言わずに顔を上げた。

「これからはもっと正直に……わがままに生きてほしい」

楓は驚いたように、目を大きく開く。

ごめんね、と円香は眉尻を下げた。

「実は、前に恵美さんに会った時、『赤の他人だから話せる』って、楓くんとのこと聞かせてもらっていて……」

そこまで言い、円香は話を続ける。

「すごくつらかったよね。私は、あなたが今までどんな思いでがんばってきたか、あなたじゃないから分からない。勝手なことを言って、と怒るかもしれない。でも、恵美さんとお父さんをもっと信じてほしい」

楓は何も言わず、黙って話を聞いていた。

「お父さんのしたことは、とてもショックだったと思う。でもそれは、ただ不安になったための一時の気の迷い。親だって間違うの。断言できるのは、お父さんはお父さんで、もしかしたら、あなたと同じくらい自分のしてしまったことに傷ついているということ」

優しい口調でそう言う円香に、楓は肩を震わせた。

「そんなこと……どうして分かるんですか？」

「分かるよ。だって、私も人の親だもの」

「でも、円香さんと父は違います……」

「ううん、恵美さんに自分がしてしまったことを打ち明けたのが、何よりもの証拠だと思う。あなたを傷付けてしまったって、すごく後悔してるから……」

そしてね、と円香は楓を見詰めた。

「恵美さんはあなたを心から心配してた。あなたが我慢ばかりしてないか、言いたいことも言えてないんじゃないかって。人は大人になれば、嫌でも取り繕って生きていかなきゃいけなくなる場面がある。でもあなたはまだ子どもでしょう。かけがえのない時代なんだから、もっと自分に正直に、わがままに生きてほしい。お父さんも恵美さんも、楓くんが模範的な良い子じゃなくても、ちゃんと愛してるから」

そう言って微笑むと、楓は苦しそうに目を細めた。

「どうして、自分がこんなに大変で、こんなにつらい時に僕の心配を……」

楓は肩を小刻みに震わせ、「円香さんっ！」と堪えきれなくなったように、円香の手を両手で握り締めた。

思わぬことに円香は、言葉を詰まらせる。

「それじゃあ、正直に言います。さっきのアドバイスは本音じゃないです。こんなに優しい円香さんと可愛い亜美ちゃんを裏切って苦しませているなんて、我慢できないくらいムカついてます！」

楓は円香の手を握ったまま、強い口調で言った。

「楓くん……」

「円香さんは言いたいことがあるなら言ったたって構わないって、もっと正直にわがままになってもいいって言ってくれましたけど……」

楓の熱い視線に、円香の言葉が詰まる。

握ったままの手は、今も小刻みに震えていた。

「円香さん、僕は……」

しかし、楓は口を閉ざす。

苦しいような沈黙が訪れた。

楓は俯いたままかぶりを振り、目に涙を浮かべて顔を上げた。

「……やっぱり言えません」

楓は小刻みに震えながら、ギュッと目を瞑る。

「口にしてはいけない言葉って……あるんです」

手を強く握ったまま、苦しそうに洩らす楓を前に、円香の鼓動は強くなる。

「円香さんの言うとおり、僕はまだ子どもです。なんの力もない、誰も守ることができない非力な子どもだから、勝手なことは言えないんです。もし、僕が大人なら……」

楓はそこまで言い、握った手に力を込め、口を閉ざした。

震えながらも、楓は強く堅く手を握っていた。

円香は伝わってくる熱に目眩を覚えながら、楓を見詰めた。

目頭が熱い。涙が零れ落ちそうになったが、泣いてはいけない、と堪えた。

泣いてしまえば、流れる涙と一緒にこの込み上がる熱い感情に流されてしまうかもしれない。

堅く握り合ったままの手を見詰め、切なさに胸を焦がした。

もし許されるなら、この手を引き寄せて、その身体を抱き寄せることができたらどんなにいいだろう。

何も考えずに、強く抱き締め合うことができたら……。

口にしてはいけない言葉があるように、やってはいけないこともある。

切なさに心が押し潰され、鼓動の強さに息切れをするなか、円香は目を閉じた。

この感情をなんて表現していいのか分からない。

恋なのか、愛なのか……。

和馬は、自分を裏切った。

でも、もしかしたら、自分の方こそ和馬を裏切っていたのかもしれない。

もうずっと、この少年に心を奪われていた。

溢れる感情に流されそうで、怖かった。

自分の心にブレーキをかけなければ、と強く思った時だ。

急に込み上がってきた吐き気に、円香は口に手を当て、キッチンに駆け込んだ。

蛇口をひねって水を流しながら、ごほごほとむせていると、楓がそっと訊ねた。

「……円香さん、大丈夫ですか？」

「あ、うん。お見苦しいところをごめんなさい」

「見苦しいだなんて……うちの母もよくそうなっていたので、分かります……」

楓はそう言って力なく微笑む。

妊娠したんですね？　と言葉には出さずに訊ねられているのが分かり、円香は口をハンカチで拭いながら、小さくうなずく。

「旦那さんはなんて？」

「夫には、伝えてないの……」

そう言うと楓は心底驚いたように目を見開いた。

「あっ、もちろん、親に頭を下げても産むつもりよ」

「それは、ちゃんと伝えるべきかと」

「でも、赤ちゃんがいるから離婚を踏みとどまろう、って、なるのが分かっている。もう壊れている夫婦なのに、そんなのおかしいでしょう?」

「おかしくないですよ。何より旦那さんには、そのことを聞く権利があると思います」

楓はもう平静な表情に戻っている。

もう、いつもの彼に戻った。

彼にまた模範的な仮面をかぶせてしまったのは、自分だ。

円香は、それでも笑みを作った。

「いろいろありがとう。私ね、もしこの子が男の子だったら楓くんみたいな子に育てたいって……心から思ってる」

円香がそう言うと、楓は空笑いを浮かべた。

「僕なんて、駄目ですよ」

「そんなこと……」

「駄目なんです。いつも先回りして言いたいことも言えない、調和ばかり気にして自分を抑えることしかできない……こんな人間は駄目ですよ」

楓はそう言って、大きく息をつく。

「円香さんはよく僕を褒めてくれますけど、それは取り繕った僕なんです。誰にでも優しく礼儀正しく不快感を与えないよう、ちゃんと計算しているんですよ。相手が喜ぶ言葉を選んで言っているだけ。『品行方正で優しい良い子』を常に演じているだけです。それは、感情よりも先にそうやっている。プログラムされた機械みたいなものです。きっと僕には自分というものがない自分というものがない。ずっと仮面をかぶって生きてきたので、自分の本心がよく分からないものです。きっと僕には欠陥人間なんです。こんな人間は一人で十分です」

そこまで言った時、楓の目から一筋の涙が零れた。

「どうか次の子も亜美ちゃんのような子に……。お願いです、決して僕のような人間には育てないでください」

楓は溢れる涙を隠すように額に手を当てた。

「楓くん……」

ううん、と円香は首を振って、楓の手を握った。

「欠陥人間なわけがないでしょう。最初は防衛本能から始まっていたかもしれない。でもね、相手のほしい言葉を言うっていうのは、相手ことを思って話すってことでしょう？

「そういうのを『思いやり』っていうんだよ」

そう言うと楓は大きく目を見開いた。

「楓くんの言葉や笑顔は、いつも思いやりに溢れて温かった。私はこれまで『感謝』って言葉を口にしながら、本当の意味で感謝をよく分かってなかった。けど、つらい時に楓くんに助けてもらって、『ありがたい』って祈るような気持ちで思った。その時にこれが感謝なんだって実感できた。欠陥人間にそんなことはできないし、もしそれが、欠陥人間だと言うなら、私もそうなりたい」

目に涙を滲ませながら笑顔を見せると、楓は円香の手の甲を額に当てた。

「円香さん……」

指の隙間から、楓の涙が見える。

その涙は、円香の手の甲を濡らしていた。

なんて、熱い涙なんだろう、と円香は目を瞑る。

この手を離さずに側にいられたら。

この愛しい感情に身を任せて、何も考えずに、抱き締めることができたら……。

でも、それは決してしてはいけないことだ。

円香は下唇を噛み、そっと手を離す。

胸に迫る苦しい思いを断ち切るように、円香はゆっくりと立ち上がった。

「楓くん、そろそろ学校に戻らなきゃ」

顔を見ないようにしながらそう言うと、楓は何も言わずに涙を拭って、腰を上げる。

二人はともに無言のまま玄関に向かった。

楓は靴を履き、意を決したように円香を見た。

「……円香さん、僕のお願いも聞いてもらえますか？」

うん？　と円香は、楓を見上げる。

「旦那さんにちゃんと妊娠のことを伝えて、もう一度話し合ってください。チャンスをあげてください」

「楓くん……」

「今の僕には、あなたと亜美ちゃん、そして生まれてくる赤ちゃんにとって、最善だと思われるアドバイスしかできないです」

楓は、苦しそうに、それでも微笑む。

「そして僕は、明日からは通学路の道を変えて、あなたと亜美ちゃんに会わないようにします」

円香は何も言うことができなかった。

「……あの本は円香さんにあげます。どうか今までの要領で最後まで読んでください」

和馬にチャンスを与え、自分たちはもう会わない。たしかに最善の答えだろう。

「あの本……くれるの？」

はい、と楓はうなずく。

円香は、ちょっと待ってて、と言ってリビングの戸棚から楽譜を手に戻ってきた。

「渡し忘れるところだった。これは、楓くんの次の曲にと思っていたの。良かったら」

楓は楽譜に目を落とし、タイトルを見て微かに口角を上げる。

「オーバー・ザ・レインボー……これも、大好きな曲です」

「良かった。一人でも練習してみて。ささやかだけど、お礼にカバーも用意していたの」

円香は一緒に持ってきた鍵盤柄のカバーに楽譜を入れる。カバーの端にはムーンストーンのストラップがついていた。これは、円香がネックレスでつけていたもの。あの夜見た月の光に似ているため、お礼に渡したいとストラップにリメイクしたものだ。

どうぞ、と差し出すと、楓は両手で受け取った。

「ありがとうございます。どうか……お元気で」

「ありがとう。楓くんも」

円香は手を差し伸べる。楓は何も言わずにその手を取った。

きっと、気持ちはつながっていただろう。

でも、触れ合えたのは手だけだった。

楓は唯一触れ合えたその手をゆっくりと離し、背を向ける。

もう、会うことはないのだろう。

この感情も、ここで押し殺すしかないだろう。

『口にしちゃいけない言葉があるんです』

扉が閉じられた瞬間、円香はその場に座り込み、涙を流した。

3

その夜、和馬は家に帰るなり、リビングの床に置かれた大荷物を見て、目を丸くした。

「この荷物は？」

和馬は動揺し、目を泳がせながら円香を見る。

「離婚届を置いて、実家に帰ろうと思っていて」

静かにそう答えた円香に、和馬は顔面を蒼白にさせ、取り乱すように駆け寄った。

「ま、円香」

「……あなたが帰って来る前にいなくなるつもりだった。でも、伝えなきゃいけないことがあって」

円香はそう言って、真っ直ぐに和馬を見た。

和馬は円香が何を言い出すのか見当もつかない様子で、ただ目を泳がせている。

円香はふぅ…と息をつき、そっと腹部に手を当てた。

「私……妊娠したの」

和馬は大きく目を見開いた。

「えっ……？」

「待望の第二子がこんなタイミングでできるなんてね。亜美もこの子も一人で育てたいと思っていた。あなたに話すつもりもなかった……けど……」

そこまで言うと、和馬は堪えきれなくなったように、円香を抱き締めた。

「円香、俺は悪い夫だったと思う。子どもをお前一人に押し付けて家庭を顧みなかった。俺の憧れだったお前が所帯じみていくのが嫌で、イライラして女を外に求めた。俺にとって最高の人が家の中にいたのに、それに気付かないでバカだったと思う。俺の悪いところは全部直す……だから……」

和馬はすかさず床に座り込み、土下座をした。

「お願いだから、出て行かないでくれ。もう二度と、こんな馬鹿な真似はしない。許してほしい」

円香は何も言うことができず、しばらく沈黙が続いた。その間、和馬は土下座したまま、頭を上げようとはしなかった。

「……美華ちゃんのことは、どうするの？」

「ちゃんと別れる。会社にバラされて左遷になっても構わない。円香には迷惑をかけるかもしれないけど、今以上にがんばるよ。夫婦でいちからやり直そう」

和馬は必死の形相で、円香を見上げる。

円香は、小さく息をついた。

「これが最後。同じようなことがあったら、その時は終わりにしようと思う」

心から許したわけじゃない。

チャンスを与えただけだった。

「円香……。良かった……良かった……円香、俺、がんばるよ」

そう言って子どものようにむせび泣く和馬を見て、円香は目を伏せた。

これで良かったのだろう。

亜美のためにも、生まれてくる子のためにも……。

円香は、カーテンの隙間から覗く月を遠い目で眺めた。

4

これまで、和馬は心のどこかで円香をバカにしてきた。

自分がどんなことをしようとも、捨てられたくなくてしがみついてくると思っていた。

まさか子どもを連れて一人で生きて行くことを選ぶなんて、夢にも思わなかった。

円香と亜美を失う現実に、和馬は言い知れぬ恐怖を感じた。

手遅れ寸前にならないと、自分にとって一番大切なものがなんなのかが分からなかったのだ。それでも気付いた以上、決着をつけなければならない。

円香から最後のチャンスをもらった和馬は翌日、会社の倉庫に美華を呼びつけた。

「円香に会いに行ったって？」

二人きりになるなり、和馬が訊ねると、美華は悪びれもせずに頷く。

「そう、離婚してってお願いにいったの。円香先輩はなんだって言ってたの？　私を訴えるって？」

強気な目線を返すと、和馬は目をそらした。

「──別れるって言い出したよ」

美華はごくりと喉を鳴らした。

「あ……そうなんだ。ちょっと意外」

平静を装いながらも、美華が動揺しているのが伝わってきた。

その気持ちは和馬も理解できた。

円香は一人では何もできない、人を頼って生きていくことしかできない人間だというのが、二人の間での共通認識だったのだ。

「それで、離婚届はいつ出すの？」

いや、と和馬は首を振る。

「円香には、謝りたおして許してもらえることになった」

「はっ？」

「何て罵《ののし》られても構わない、すまない。別れて欲しい」

頭を下げたまま告げる和馬に、美華は引きつった笑いを見せた。

「よく、私にそんなことが言えるわね」

「俺が悪かった。身勝手は承知の上だ。俺はここまできて、本当に大切なものに気付けたんだ。家族を大事にしたい。すまない」

しばしの沈黙が訪れた。

美華は何も言わず立ち尽くし、和馬は頭を下げたままだった。

やがて和馬は顔を上げて、もう一度美華に頭を下げ、倉庫を後にする。

美華は一人呆然と倉庫に佇んでいた。

「本当に大切なものに気付けたって……」

はははっ、と笑う。

ははは、ははは、と笑い、

「うわあああぁぁぁ」

大声で叫んで、倉庫を飛び出した。

目を剥き、通路を全力で走って、和馬の後を追う。

絶叫に近い声を上げて追い駆けてくる美華の姿に、和馬は驚いて振り返る。

「嫌よぉ、別れないわ、あなたは離婚して私と結婚するのよ！」

美華は目を見開いたまま和馬の腰にしがみついた。

「お、おい、離せよ」

「嫌よ、私の方が愛してるって言ったじゃない！　今すぐ私と結婚してよ！」

和馬は、美華を必死で振り払おうとする。

だが美華はなりふり構わずに何度もしがみついた。

行き交う社員たちは目を見開いたまま、驚きと好奇の目を向けていた。

「だって、おかしいじゃない、私が一番って言ってくれたじゃない」

騒ぎを聞きつけた同僚が慌てて駆け寄り、美華の体を押さえた。

「離して！　私、この男と結婚するの！　だって約束したんだもの！」

美華は、同僚の腕を必死に振り払おうとしながら叫ぶ。

「美華、駄目よ！」

抑え込まれた美華は、うわああ、と泣き崩れた。

同僚はそんな美華を抱き留める。

和馬は茫然と立ち尽くし、周囲の者たちはそんな三人を声もなくただ見ていた。

# エピローグ

西沢円香、三十一歳。なんら驚かれることはない普通の主婦だった。

平凡こそが幸せだと信じてきた。

円香は朝、出勤前に小さな庭で亜美と遊ぶ和馬を見て、目を細めた。

小さな庭付きのこの家は私の夢であり、宝物だった。そんな宝物である、この家にいられるのもあとわずか……

不倫騒動が原因で、和馬は仙台に転勤辞令が下された。

本社のエリート社員が、地方支店からの出直しとなったのだ。

この家は、人に貸す手筈を整えた。

いつか、ここで暮らす日がまた来るのだろうか？

「あなた、会社に遅れるわよ」

円香の言葉に、ああ、と和馬は笑顔で顔を上げた。

「それじゃあ亜美、行ってきます」

「いってらっしゃい、パパ」

亜美は満面の笑みで手を振る。

あの騒動で、和馬は大きく変わった。

家庭をとても大事にするようになった。平日は朝しか亜美と触れ合えないからと言って、朝早くから亜美と遊ぶようにもなっていた。一度失いかけたことから、自分にとって家族がどれだけ大切なのか分かったと言っていた。

円香は、和馬が良き父、良き夫へと変わり家族のためにがんばってくれていることを評価している。しかし理性では許しても、芯の部分ではまだ許しきれていなかった。

肩に彼の手が触れるだけで拒否反応を起こしてしまうことに、戸惑いを隠せなかった。

和馬もそんな気持ちを汲み取り、優しく労わるようにしてくれている。

『ゆっくり時間をかけて信頼を取り戻す』

その言葉には、救われた。

不倫騒動が残したのは、傷痕だけではなかったように思えた。

騒動の渦中の人物となった美華は結局、その日から会社に来なくなった。そのまま退職し、今は実家で療養しているという噂を聞いた。

円香は出社する和馬を見送ったあと、今度は亜美の支度をする。

「さっ、亜美、幼稚園行こうか」

今の楽しみは週末家族で出かけること、亜美と生まれてくる赤ちゃんの服を作ること、ピアノの練習をすること。

そして、新しく購入した英文小説を訳すこと。

しかし楓と訳し続けた英文小説の続きは、手つかずのままだった。

続きが気になるのに、読まずにいる。

それは、彼との関係そのものだったのかもしれない。

バス乗り場まで向かいながら、今朝も高校生たちとすれ違う。

円香は胸が詰まった。

楓とは、あれから一度も会っていない。

たった一本道を変えただけで、会うことはなくなる。

それは、まるで人生と似ていた。

目を閉じると、切ないくらいに思い出す。あの時の堅く握った手のぬくもり。

手の甲に流れた彼の涙の熱さ。

あの時、もしその手を引き寄せて彼を抱き締めていたら……、何度も切なくそう思い、そうしなくて良かった、と理性は答えた。

亜美をバス停まで送り、家に戻った円香は掃除をしながら、カレンダーを横目で見た。

カレンダーには三つ丸がついている。

今日は、ディベート大会地区予選の開催日。大会は三日間行われ、今日が最終日。結果が出る日だ。

円香は大きく息を吸い込み、掃除の手を止めた。

場所もちゃんと分かっていた。隣町の市民会館だ。

時計を見ると、十時を過ぎている。

楓くん……。

その姿を思い浮かべ、円香は堪えきれずに、急いで出かける準備を始めた。

会いに行くわけじゃない。だけど遠くから見守るくらい、いいだろう。

——これが最後。

そう思い足早に駅に向かう。

＊

円香がディベート大会の地区予選の会場である隣町の市民会館に着く頃には、十一時を過ぎていた。

焦る気持ちで、ホールへと向かう。

もう発表は終わってしまっているかもしれない。

会場の扉を開くなり、ひしめき合う学生と観客の数に圧倒され、目を瞠った。

どんなに首を伸ばしてもステージを見ることができず、円香は二階席へと移る。

二階の観覧席は比較的空いていたので、周囲の人たちに遠慮しつつも強引に前に進み、気が付くと前列中央に立つことができていた。

どこだろう。

円香は二階席から、たくさんの学生の頭上を食い入るように眺めた。

ずらりと並ぶ学生たち。

見回していると、見慣れた制服が目に留まった。

そこに楓の姿があった。

いた！　と、胸に手を当てる。

「楓くん……」

円香の胸に熱いものが込み上げる。

楓は、部員と小声で話している。

元気そうだ。

良かった……会いたかった。一目だけでも見たかった。

「それでは、結果を発表したいと思います。テーマ『日本政府はベーシックインカム制度を導入すべきである』、肯定側に決定致しました」

その言葉に、楓たちは喜びの声を上げている。

円香はよく分からなかったが、楓の喜ぶ姿を見て、とりあえず一勝できたのかな？　と目を凝らした。

「それでは第一位のK高校代表、挨拶お願いします」

その言葉に円香は、口を手で覆った。

とりあえずの一勝ではなく、優勝だったようだ。

司会者の言葉に、楓の隣に座るメガネをかけた生徒は真っ赤になり、しきりに首を横に振り楓の背をグイグイと押している。

あれがあがり症の部長さんなんだろうな、と円香は楓の話を思い起こし小さく笑った。

部長に押された楓は苦笑しつつ頷き、部長の代わりにすっくと立ち上がった。

ゆっくりとステージに上がりマイクの前に立った。

「ご紹介に与りました、K高校代表、広瀬楓です。我がK高校のディベート部が発足して五年。その間一勝もしたことがなく、一勝を目標に掲げ努力し続けた結果、一勝に留まらず、優勝することができて、本当に嬉しく思います」

楓はそこで挨拶を締めようとして、何かに気付いたように顔を上げた。

円香は二階の中央に立って、息を呑む。

楓と目が合ったのだ。

思いがけないことに、円香の心臓が強く音を立てた。

楓は大きく目を見開き、ただ真っ直ぐに円香を見詰めていた。

互いに目をそらさずに見つめ合う。

時間が止まったかのように思えた。

沈黙に、会場内がざわつく。

円香が目を細めると、楓はしっかりとマイクを握った。

一度咳払いをし、円香を見詰めたままゆっくりと口を開いた。

「僕は……自分への宿題と課していることがありました。それは自分にとってディベート部がどんな存在だったのか、その問いに対する答えを出すということです。ようやく自分の中で答えが出たので、この場を借りて伝えさせてください」

宿題、という言葉を聞き、円香の中で何かが引っかかった。

「僕が今日を迎えられたのは、小さな出会いがきっかけでした。それはただの偶然なのか、運命なのか分かりません。その時間は僕の中にするりとごく自然に入ってきました。一緒に目的を持って過ごすようになり、アッという間に過ぎるその時間を寂しく思うほどになっていきました」

円香はごくりと喉を鳴らす。

彼の言葉を聞きながら、パッヘルベルのカノン——拙くも懸命で、まっすぐだった彼の演奏が頭の中に流れはじめた。

「携わる時間が毎日の楽しみとなり、いつの間にこんなに僕の心を占めていたのか分かりません。気が付いたら、かけがえのない場所、大切な時間になっていました」

楓は、目を合わせたままそう話す。

「僕は全国大会が終わったら、勉強に集中するため、かけがえのない場所を去らなくてはなりません。去ることになり寂しく切なくも思います」

そう言うと目を伏せて息をつく。すぐに、しっかり顔を上げた。

「そうした状況になり、自分がこんなにも好きだったことを知りました」

その強い言葉に、円香の鼓動がバクンと大きく跳ねる。息苦しくなるほど胸が詰まり、手が小刻みに震えた。

楓はこちらを見詰めたまま、切なく微笑む。

「……ですが、好きな気持ちだけでは続けられないこともあります。こんなことなら最初から携わらなければ良かったとも思いました。ですが、やはり知り合うことができて僕は幸せでした。携わることができたこの短い時間で多くを学び、気付かされ、そして今まで感じたことのない大きな感情を与えてくれたことを感謝しています。きっとこの思い出は生涯、決して忘れはしないでしょう」

気が付くと、円香の頰に熱い涙が伝っていた。

「僕は、もう戻ることはできません。ですが、皆の活躍を祈っています。……今日は遠方よりお越しくださった方も多いと思います。見守ってくださった観客の方にも心からお礼申し上げます。来てくださいまして、本当に……本当にありがとうございました！」

楓がスピーチを終えて、深々と頭を下げる。

次の瞬間、会場内から大きな拍手が沸き起こった。

円香は頰を伝う涙を拭うこともなく、ステージを降りる楓を見ていた。

他の観客も、何か熱いものを感じたのか目に涙を浮かべている。

部員たちは号泣しながら楓に駆け寄り、「お前がそんなに部を思っててくれたなんて」と二階にも届くくらいに感激の声を上げて、抱き着いていた。

楓は弱ったようにしながら、顔を上げて二階へ目を向ける。

もう一度目が合い、円香がゆっくりと頭を下げると、楓も頭を下げた。

円香は声に出さずに、ありがとう、と口を開く。

――私はこれからも、なんら驚かれることのない平凡な主婦を続けて行くだろう。些細なことを楽しみに、毎日を過ごして行くだろう。

でも以前の自分とは違う。あなたと知り合って、生まれ変われた。

あなたのお陰で自分に自信が持てるようになり、人として強くなれた気がする。

そして……、と円香は胸の前で拳を握り締めた。

こんなに切ない気持ちを、息苦しいほどの鼓動をありがとう。

きっと、何度も思い出す。

あの時、あなたの肩を抱き寄せ、強くその体を抱き締めていたら……感情に身を任せ、流されることができていたら……、と何度も思い出し、切なさに胸を焦がすだろう。

そして、これで良かったのだと、その度に思うのだろう。

それはきっと、私の人生においてかけがえのない宝となる。

どうか、眩しいほどの大人になって。

本当に短い間だった。あなたと過ごしたかけがえのない時間を生涯忘れはしない。

大きくて広い背中で泣かせてくれたこと。堅く握ったその手のぬくもり、手に伝った涙の熱。情熱と理性の間で、切ないほどに葛藤した、かけがえのない時間。

この場で気持ちを伝えてくれた、そのまっすぐな瞳を――。

胸にしみるほど切ない旋律とともに……。

円香はもう一度頭を下げ、部員たちに囲まれる楓の姿を横目にしながら、そっと会場を後にした。

## あとがき

この本を手に取ってくださって、ありがとうございます、望月麻衣です。

私は二〇一三年に小説投稿サイト『エブリスタ』が主催する小説賞でデビューし、瞬く間に時が経ちました。

双葉社さんのお力添えもあり、著作はコミカライズ、アニメ化と、それまで夢にも見ていなかったことが叶い、ひと時シンデレラ症候群と言うのでしょうか、夢が叶ったが故にやる気がなくなる状態に陥ったこともありました。

その際、新たな目標を掲げることにしたんです。

それは、『著作五十冊を目指そう』というものでした。

いよいよ五十冊を迎えられるとなった時、自分の原点であるエブリスタの作品、そして双葉社さんで刊行できたらと思いました。

この『旋律』という作品はこれまで刊行した、どの作品よりも昔に書いたものです。

実はWEB小説をはじめる前に書いたもので、この原型となる作品は、円香よりも年下の頃、二十九歳の時に書いているんです。まだ二十代でよくこういう内容の作品を書いたものだ、と読み返して自分で驚いたのですが……。

その後、WEBに投稿を始めまして、この『旋律』がエブリスタで初めてランキング上位に、つまり初めて人気が出た作品でした。

当時のエブリスタ読者さんから、『旋律の望月さん』と言われていたくらいです。（その後、『天使シリーズの望月さん』『京都ホームズの望月さん』と移っていきましたが笑）

ちなみにWEBの原作では、和馬と美華のやりとりまで詳細に書いた、さらにドロドロした話なのですが、編集さんから「円香と楓の話に集中したいので、二人の生々しいドロドロは下げましょう」と提案いただいたんです。あらためて確認し、私自身もそうかもしれない、と思ったのでこのようなかたちになりました。

そんなわけで、とても思い入れのある自分の初期作、この『旋律』は自分にとって、まさしく原点のような作品です。

もちろん刊行にあたり、手直しをしました。

拙さに目をそらしたくもなったのですが、今の自分にはない勢いを感じもしました。

好き嫌いが分かれてしまうだろうお話だということは、分かっていたのですが、私にとってとても特別な物語です。

五十冊を突破し、五十一作目に、この作品を刊行できたことが本当に嬉しいです。

私の想いを汲んでくださった担当さんに心より感謝です。

目標達成できましたが、これからもマイペースにがんばっていけたら、と思っております。

最後にこの場を借りて、お礼を伝えさせてください。

私と本作品を取り巻くすべてのご縁に、心より感謝とお礼を申し上げます。

本当に、ありがとうございました。

望月　麻衣

双葉文庫

も-17-24

旋律《せんりつ》

君《きみ》と出逢《であ》えた奇跡《きせき》

2022年1月16日　第1刷発行

【著者】

望月麻衣《もちづきまい》

【発行者】

島野浩二

【発行所】

株式会社双葉社

〒162-8540 東京都新宿区東五軒町3番28号

［電話］03-5261-4818（営業部）　03-5261-4851（編集部）

www.futabasha.co.jp（双葉社の書籍・コミックが買えます）

【印刷所】

中央精版印刷株式会社

【製本所】

中央精版印刷株式会社

【フォーマット・デザイン】

日下潤一

---



---

ISBN978-4-575-52536-6 C0193

Printed in Japan